German Short Stories for Beginners

Volume 1

10 EXCITING SHORT STORIES TO EASILY LEARN GERMAN & IMPROVE YOUR VOCABULARY

TOURI

ISBN: 978-1-953149-09-1

Free Audiobooks

Touri has partnered with AudiobookRocket.com!

If you love audiobooks, here is your opportunity to get the NEWEST audiobooks completely FREE!

Thrillers, Fantasy, Young Adult, Kids, African-American Fiction, Women's Fiction, Sci-Fi, Comedy, Classics and many more genres!

Visit AudiobookRocket.com!

CONTENTS

RESOURCES

TOURI.CO

Some of the best ways to become fluent in a new language is through repetition, memorization and conversation. If you'd like to practice your newly learned vocabulary, Touri offers live fun and immersive 1-on-1 online language lessons with native instructors at nearly anytime of the day. For more information go to <u>Touri.co</u> now.

FACEBOOK GROUP

Learn Spanish - Touri Language Learning

Learn French - Touri Language Learning

YOUTUBE
Touri Language Learning Channel

ANDROID APP
Learn Spanish App for Beginners

BOOKS

GERMAN

Conversational German Dialogues: 50 German Conversations and Short Stories

German Short Stories (Volume 1): 10 Exciting Short Stories to Easily Learn German & Improve Your Vocabulary

ITALIAN

Conversational Italian Dialogues: 50 Italian Conversations and Short Stories

Italian Short Stories (Volume 1): 10 Exciting Short Stories to Easily Learn Italian & Improve Your Vocabulary

SPANISH

Conversational Spanish Dialogues: 50 Spanish Conversations and Short Stories

Spanish Short Stories (Volume 1): 10 Exciting Short Stories to Easily Learn Spanish & Improve Your Vocabulary

Spanish Short Stories (Volume 2): 10 Exciting Short Stories to Easily Learn Spanish & Improve Your Vocabulary

Intermediate Spanish Short Stories (Volume 1): 10 Amazing Short Tales to Learn Spanish & Quickly Grow Your Vocabulary the Fun Way!

Intermediate Spanish Short Stories (Volume 2): 10 Amazing Short Tales to Learn Spanish & Quickly Grow Your Vocabulary the Fun Way!

100 Days of Real World Spanish: Useful Words & Phrases for All Levels to Help You Become Fluent Faster

100 Day Medical Spanish Challenge: Daily List of Relevant Medical Spanish Words & Phrases to Help You Become Fluent

FRENCH

Conversational French Dialogues: 50 French Conversations and Short Stories

French Short Stories for Beginners (Volume 1): 10 Exciting Short Stories to Easily Learn French & Improve Your Vocabulary

French Short Stories for Beginners (Volume 2): 10 Exciting Short Stories to Easily Learn French & Improve Your Vocabulary

Intermediate French Short Stories (Volume 1): 10 Amazing Short Tales to Learn French & Quickly Grow Your Vocabulary the Fun Way!

PORTUGUESE

Conversational Portuguese Dialogues: 50 Portuguese Conversations and Short Stories

ARABIC

Conversational Arabic Dialogues: 50 Arabic Conversations and Short Stories

RUSSIAN

Conversational Russian Dialogues: 50 Russian Conversations and Short Stories

CHINESE

Conversational Chinese Dialogues: 50 Chinese Conversations and Short Stories

WHY WE WROTE THIS BOOK

We realize how difficult it can be to learn a language. More often than not, learners do not know where to start and can easily feel overwhelmed at tackling a new language.

At Touri, we have identified a gap in the market for engaging, helpful and easy to read German stories for beginners. We believe it is much easier to understand words in context in story form as opposed to studying verb conjugations or learning the rules of the language. Don't get us wrong, understanding the construction of the language is important, but the more practical approach is to learn a basic subset of words that you as a learner can practice with today.

Our goal is for you to feel confident when speaking with native speakers, even if it's a few words. Focus on building a foundation of commonly used words and you'll be setting yourself up for long-term success.

How To Read This Book

German Short Stories for Beginners Volume 1 is filled with engaging stories, basic vocabulary and memorable characters that make learning German a breeze!

Each story has been written in with you the reader in mind. The best way to read this book is to:

a.) Read the story without worrying about completely understanding the story but making note of the vocabulary you do not understand.

b.) Using the two summaries, German and English provided after each story take the time to make sure that you got a full grasp of what happened. Doing this will help you with your comprehension skills.

c.) Go back through the story and read it again after having a better grasp of what happened. You may take a more concentrated approach to trying to understand everything, but it's not necessary.

d.) Sprinkled throughout each story you will also find vocabulary words in **bold**, with a translation of each of these words found at the end of the stories. This is also another great way for you to expand your vocabulary and start using them in sentences.

e.) We want you to get the most out of this book and learn as much as possible, which is why we have also included a list of multiple choice questions that will test your understanding and memory of the tale. The answers can be found on the following page.

f.) Most importantly, have fun while you're exploring a whole new world and learning German! We are so excited for the journey you're about to embark on!

KAPITEL 1. DAS DOPPELTE WASSEREIS

Heute war der erste Tag der Sommerferien und Maria war überglücklich! Natürlich vermisste sie ihre Freunde, aber sie fand es sehr gut, dass sie für eine Weile keine **Hausaufgaben** machen musste und auch nicht früh aufstehen musste!

Ja, der Sommer war hier und Maria nutzte das voll aus und besuchte den **Spielplatz** in ihrer Nachbarschaft. Sie war dazu entschlossen so viel wie möglich zu spielen und auch etwas extra Zeit auf den **bunten** Schaukeln in der Mitte des Spielplatzes zu verbringen. Es gab keinen besseren **Weg,** ihre neue **Freiheit** zu feiern, als so hoch wie nur möglich zu schaukeln und sich frei wie ein **Vogel** zu fühlen!

Aber zuerst musste sie mit all den anderen Geräten spielen! Sie startete auf der Rutsche, denn sie wusste, dass diese im Laufe des Tages von der Sonne zu **heiß** werden würde und sie wollte sich nicht die Beine verbrennen. Sie fand es toll, dass alle Kinder gerne auf der Rutsche spielten, egal wie alt. Auch wenn sie dort niemanden kannte, genoss sie trotzdem die freudigen **Schreie** die man überall auf dem Spielplatz hören konnte.

Dann spielte sie am **Klettergerüst**. Ihre Mutter hatte sie immer gewarnt vorsichtig zu sein als sie noch kleiner war. Jetzt aber war sie etwas größer und wusste, dass selbst wenn sie fallen würde sie sich nicht verletzen würde. Trotzdem war sie aber vorsichtig. Maria tat gerne so, als wäre sie ein **Eichhörnchen** oder ein **Affe,** wenn sie am Klettergerüst spielte. Sie liebte es über und durch die Stangen zu klettern, aber ihre Lieblingsposition war **kopfüber** an der Stange zu hängen. Die Welt sah verkehrt herum viel lustiger aus.

Oh, Maria hatte sehr viel Spaß!

Sie sprang herunter und spielte auf der **Schaukel**! Von all dem Herumrennen und Spielen merkte sie die **Sommerhitze** sogar noch mehr. Sie entschied sich für eine kleine Erfrischung, bevor sie auf den Schaukeln spielte, verließ den Spielplatz und ging zum kleinen Laden an der Ecke. Sie war froh, dass sie etwas von ihrem **Taschengeld** für Momente wie diese aufbewahrt hat. Ihr Vater gab ihr den Ratschlag, die Hälfte auszugeben und die andere Hälfte aufzubewahren und so tat sie es auch.

Nach ungefähr zehn Minuten war sie wieder zurück auf dem Spielplatz. Sie hüpfte den ganzen Weg, mit der Plastiktüte umher schwingend in der Hand und sie freute sich schon darauf den Inhalt der Tüte zu genießen. Sie setzte sich auf eine **Bank** auf der ein Mädchen in ihrem

Alter mit ihrer Mutter saß, grinste die zwei an und griff in ihre **Tasche**.

Sie zitterte vor Vorfreude auf ihr kaltes Erdbeerwasscreis und lächelte bevor sie es auspackte.

Kurz bevor sie den ersten Bissen nehmen wollte, sah sie im **Augenwinkel**, dass das andere Mädchen sie ansah. Sie erinnerte sich was ihre Eltern immer sagten, „Teilen ist wichtig, mein Schatz!". Sie drehte sich also zu dem Mädchen und fragte freundlich mit einem Lächeln ,: „Möchtest du etwas?"

„Nein Danke. Meine Mama sagt, dass man krank wird wenn man das Eis von anderen Leuten isst", antwortete das Mädchen mit einem traurigen Lächeln. „Ich möchte dir nicht meine Bakterien geben."

Maria kicherte. „Meine Mama sagt immer das gleiche. Mach dir keine Sorgen, wir können trotzdem teilen" , sagte Maria und zog die zwei Holzstäbe auseinander und teilte somit das Wassereis in **zwei Hälften**. „Siehst du. Jetzt haben wir zwei Wassereis. Du kannst die eine Hälfte haben und ich behalte die andere!"

Das Mädchen freute sich und schenkte Maria ein breites Grinsen. Sie sah ihre Mutter an, die mit dem Kopf **nickte** um ihre Erlaubnis zu geben.

„In diesem Fall, vielen Dank!", sagte sie und nahm das Wassereis aus Maria´s Hand.

„Bitteschön! Ich bin übrigens Maria."

„Schön dich kennenzulernen Maria. Ich heiße Sarah."

Nachdem sie sich vorgestellt hatten, genossen die beiden ihre kalte Erfrischung und plauderten vor sich hin. Maria fand heraus, dass Sarah vor kurzem in die **Nachbarschaft** gezogen war, im gleichen Alter war und ab nächstem Jahr bei Maria auf die Schule gehen würde. Maria freute sich sehr eine Freundin gefunden zu haben mit der sie in den Sommerferien spielen konnte und mit der sie zusammen in die Schule gehen konnte.

„Hey, willst du mit mir auf der Schaukel spielen?", bot Maria an, als sie aufstand um die Plastiktüte und die Verpackung in den **Mülleimer** zu werfen.

„Sicher!", antwortete Sarah.

Die zwei Mädchen wechselten sich mit dem Anstoßen ab und Sarah´s Mutter bot sogar an, die zwei für eine Weile zur gleichen Zeit anzustoßen. Während sie ihre Zeit auf der Schaukel genossen, freute sich Maria darüber, dass sie die **Wippe** benutzen konnte, jetzt wo sie eine Freundin gefunden hatte, die auf der anderen Seite sitzen konnte. Das würde ein toller Sommer werden!

Als die beiden müde wurden vom vielen Spielen, brachte Sarah´s Mutter etwas **Zuckerwatte,** bevor sie in getrennte Richtungen nach Hause gingen. Bevor sie sich verabschiedeten, tauschten sie Adressen aus und verabredeten sich am nächsten Tag für mehr Spaß auf dem Spielplatz.

Sarah´s Mutter schrieb sogar ihre Telefonnummer auf einen Zettel und bat Maria ihrer Mama zu sagen, dass sie anrufen sollte. Eines Tages könnten sie eine Übernachtungsparty haben und in Sarahs Garten mit dem **Hund** spielen oder in den Pool gehen.

Maria war sehr aufgeregt und sagte, dass sie ihre Mama fragen würde ob sie auch in ihrem Garten spielen könnten. Sarah freute sich über diese Idee und sagte, dass sie das toll finden würde.

Sie verabschiedeten sich und gingen nach Hause.

Maria rannte zu ihrem Haus und konnte es kaum erwarten ihrer Mama alles über ihre neue Freundin zu erzählen und dass das Teilen eines Wassereis' ihren Tag so toll gemacht hat.

<h1 style="text-align:center">VOKABELN</h1>

Hausaufgaben - *homework*

Spielplatz - *playground*

bunt - *colourful*

Weg - *way*

Freiheit - *freedom*

Vogel - *bird*

heiß – *hot*

Schrei - *scream*

Klettergerüst – *monkey bars*

Eichhörnchen - *squirrel*

Affe - *monkey*

kopfüber - *upside down*

Schaukel - *swing*

Sommerhitze – *summer heat*

Taschengeld – *pocket money*

Bank - *bench*

Tasche – *bag*

Augenwinkel – *corner of the eye*

zwei Hälften - *two halves*

Nicken - *nod*

Bitteschön – *you're welcome*

Nachbarschaft - *neighborhood*

Mülleimer - *trash bin*

Wippe - *seesaw*

Zuckerwatte - *cotton candy*

Hund - *dog*

ZUSAMMENFASSUNG DER GESCHICHTE

Der erste Tag der Sommerferien war endlich da und Maria konnte nicht glücklicher sein. Sie wusste, dass sie ihre Freunde aus der Schule vermissen würde, aber sie freute sich nicht früh aufstehen zu müssen oder Hausaufgaben machen zu müssen. Sie spielte die meiste Zeit alleine auf dem Spielplatz, da sie keine Freunde hatte. Es war ein heißer Sommertag und Maria entschied sich dazu ein kaltes Wassereis zu kaufen um sich abzukühlen. Als sie sich auf eine Bank neben ein Mädchen und dessen Mutter setzte, bot sie dem Mädchen an, ihr Wassereis zu teilen. Es war ein doppeltes Wassereis mit zwei Holzstäben. Das Mädchen freute sich riesig. Von diesem Moment an verbrachten die beiden den restlichen Tag zusammen. Sie gewann eine neue Freundin, weil sie eine sehr wichtige Sache im Leben beachtet hat. Teilen ist sehr wichtig.

Summary of the Story

The first day of summer was finally here and Maria couldn't be happier. She knew she was going to miss her friends from school but was excited to not have to get up early in the morning or do homework for a while. She spent most of her time playing by herself and at the local playground as she had no friends. It was a hot summer day and Maria decided to get a delicious popsicle to cool herself down. As she sat down on the bench next to a mother and her daughter Maria offered to share her popsicle with the little girl. This wasn't any regular popsicle, it was a double popsicle. The girl was ecstatic. From that point on Maria made a new friend and spent the whole day together. She had learned one of the greatest lessons in life, "Sharing is caring."

1) Welchen Geschmack hatte das Wassereis von Maria?
- **A.** Wassermelone
- **B.** Schokolade
- **C.** Erdbeere
- **D.** Blaubeere

2) In welcher Jahreszeit spielt die Geschichte?
- **A.** Winter
- **B.** Herbst
- **C.** Frühling
- **D.** Sommer

3) Was hat Sarahs Mutter den Mädchen gekauft?
- **A.** Gedämpftes Gemüse
- **B.** Zuckerwatte
- **C.** Kekse
- **D.** Eine Dose Cola

4) Für wann haben die Mädchen sich wieder verabredet?
- **A.** Am Samstag
- **B.** In einer Woche
- **C.** Am nächsten Tag
- **D.** In drei Tagen

5) Wie lange wohnt Sarah schon in der Nachbarschaft?
- **A.** Sie ist erst dort hingezogen
- **B.** 1 Jahr
- **C.** 5 Jahre
- **D.** Sie hat dort schon immer gewohnt

QUESTIONS ABOUT THE STORY

1) What flavor was the popsicle that Maria bought?

    A. Watermelon
    B. Chocolate
    C. Strawberry
    D. Blueberry

2) What season of the year was it in the story?

    A. Winter
    B. Fall
    C. Spring
    D. Summer

3) What treat did Sarah's mother buy the girls?

    A. Steamed vegetables
    B. Cotton candy
    C. Cookies
    D. A can of soda

4) When did the girls promise to meet each other again?

    A. On Saturday
    B. In a week
    C. The next day
    D. In three days

5) How long has Sarah been living in the neighborhood?

    A. She just moved there
    B. 1 year
    C. 5 years
    D. She's lived there forever

ANSWERS

1. C
2. D
3. B
4. B
5. D

Kapitel 2. Beim Zahnarzt

Oliver starrte seine baumelnden Füße an und rümpfte seine **Nase** wegen dem Geruch von unangenehmen **Chemikalien**, der aus der Zahnarztpraxis kam.

Er seufzte unglücklich und sah seine Mutter an, in der Hoffnung, dass sie nachgeben würde und ihn wieder nach Hause bringen würde. Doch alles was er von seiner Mutter zurück bekam, war ein freundliches **Lächeln**.

„Alles wird gut sein, mein Schatz. Es ist nur eine Kontrolle", sagte sie beruhigend.

Oliver sagte nichts und sah sich stattdessen im **Wartezimmer** um. Was er sah, beruhigte ihn jedoch nicht sehr. Dort **warteten** noch andere Kinder mit ihren Eltern. Ein kleines Mädchen hatte ihren Mund mit einem **Taschentuch** bedeckt, ein anderes weinte leise und ein kleiner Junge hatte einen geschwollenen Kiefer. Es sah so aus als hätte er ein Bonbon im Mund versteckt.

Er erinnerte sich an seinen ersten **Besuch** beim Zahnarzt. Sein erster **Milchzahn** begann zu wackeln, war aber einfach nicht ausgefallen. Sein Vater hatte ihn dann zum Zahnarzt gebracht um den Zahn entfernen zu lassen, weil man den neuen Zahn schon sehen konnte. Der Arzt hatte mit einem Metallstab in seinem Mund herum gestochert und Fragen gestellt, die er nicht beantworten konnte, hauptsächlich weil die Hand vom Arzt immer noch in seinem kleinen Mund war! Dann, als wäre das nicht schon schlimm genug gewesen, hatte der Arzt etwas in seinen Mund gesprüht um seine Lippen **taub** zu machen und anschließend zog er mit seinen Fingern den wackelnden Zahn heraus. Es tat nicht weh, aber Oliver hätte gerne eine Warnung bekommen! Nach diesem Erlebnis waren die restlichen Zähne von alleine ausgefallen und er hatte immer, nach jedem Essen, seine Zähne geputzt um zu verhindern, wieder zu dem **unhöflichen** Zahnarzt zu müssen. Und trotzdem war er jetzt zurück.

Das laute Geräusch eines **Bohrers** erschreckte ihn und unterbrach seine Gedanken. Er erinnerte sich an das, was seine Freunde ihm erzählt hatte. Adam erzählte ihm, dass der Arzt eine Spritze in sein **Zahnfleisch** stechen würde, damit er keinen Schmerz fühlt! Er sagte, dass nach der Spritze sein Mund taub werden würde und es dann darauf ankäme. Entweder würde der Arzt dann den Bohrer oder die **Zange** herausholen!

Oliver hatte den Bohrer und die Zange in dem **Werkzeugkasten** seines Vaters gesehen. Er hätte nicht gedacht, dass die in irgendeinen Mund passen und schon gar nicht in seinen kleinen Mund!

Seine Gedanken wurden schon wieder unterbrochen, als die Assistentin seinen Namen rief und sagte, dass er jetzt an der Reihe sei. Er stand auf und mit zitternden Beinen und seiner Mama an der Hand, lief er zum Zimmer am Ende des **Flures**.

„Hallo. Du musst Oliver sein! Ich bin Doktor Sanders", sagte ein Mann in einem weißen Kittel. Das musste der Arzt sein, dachte Oliver.

„Hallo Doktor", grüßte er schüchtern zurück.

Seine Mama und er nahmen an einem großen **Schreibtisch** Platz. Der Arzt und seine Mama sprachen ein bisschen über Olivers **„Krankengeschichte".** Was auch immer das war. Nach einigen Minuten bat ihn der **Arzt** auf dem langen Stuhl Platz zu nehmen. An diesen Stuhl konnte er sich vom letzten Zahnarztbesuch noch erinnern.

„Ich merke dass du ein bisschen nervös bist", sagte Doktor Sanders mit faltigen Augen. „Mach dir keine Sorgen, es wird nicht wehtun."

Oliver sah, wie Doktor Sanders nach einem Gerät griff, das neben ihm am Stuhl befestigt war. Er atmete tief ein, schloss seine Augen und bereitete sich für das vor was jetzt kam.

„Schau, das ist nur ein kleiner Spiegel den ich benutze um hinter deine **Zähne** zu sehen. Das wird nicht wehtun", sagte der Arzt, um Oliver zu ermutigen seine Augen zu öffnen. „Wenn du Fragen hast, kannst du sie mir gerne stellen bevor wir beginnen."

Oliver nahm das Angebot an und fragte den Arzt: „Werden Sie den Bohrer oder die Zange **benutzen**?"

Doktor Sanders lächelte und sagte beruhigend: „Ich denke nicht, dass wir diese Geräte benutzen müssen. So, bitte öffne jetzt deinen Mund"

Oliver öffnete seinen Mund mit einem lauten „Ahhh". Er sah zu wie der Arzt mit dem kleinen **Spiegel** in seinen Mund schaute.

„Was ist das?", fragte Oliver, als der Arzt ein anderes Werkzeug aus Metall und mit einem spitzen Ende in die Hand nahm.

„Das ist eine Sichel. Damit sehe ich ob du Löcher hast."

„Benutzen sie das um in mein **Zahnfleisch** zu piksen?", fragte Oliver besorgt.

„Nein, ich klopfe damit auf deine Zähne und wenn es dir wehtut, dann hebst du deine Hand hoch. Kannst du das machen?"

Oliver stimmte nickend zu und öffnete seinen Mund wieder. Als der Arzt ein Gerät in die Hand nahm, erklärte er, dass es wie ein kleiner Staubsauger funktionierte der seine Spucke aufsaugt, damit der Arzt besser sehen kann.

„Du hast beim Zähneputzen sehr gute Arbeit geleistet Oliver! Du hast kein einziges Loch!", sagte Doktor Sanders.

„Dankeschön", antwortete Oliver mit einem stolzen Lächeln.

„Jetzt möchte ich, dass du sogar noch besser putzt, damit du auch nie ein Loch bekommen wirst. Ich gebe dir ein Rezept für **Zahnseide** und möchte, dass du damit zwischen deinen Zähnen sauber machst. Kannst du das tun?"

„Ja!", antwortete Oliver.

„Ich möchte außerdem, dass du deinen Eltern sofort Bescheid sagst, wenn du Schmerzen im Mund hast, damit wir das so schnell wie möglich reparieren können in Ordnung?"

„Ja."

„Sehr gut" Der Arzt lächelte und schrieb etwas auf ein Stück **Papier**. „Hast du noch irgendwelche Fragen?"

Zuerst zögerte Oliver, doch dann fragte er: „Wie lange muss man zur **Schule** gehen um Zahnarzt zu werden?" Er dachte, dass der Arzt so nett zu ihm war und er viele Dinge gelernt hatte, dass er die Idee Zahnarzt zu werden, wenn er groß war, nicht schlecht fand. Olivers Mama und der Zahnarzt lächelten, „wenn es dir Spaß macht, dann ist es egal wie lange es dauert."

VOKABELN

Zahnarzt – *dentist*

Nase – *nose*

Chemikalien – *chemicals*

Lächeln – *smile*

Wartezimmer – *waiting room*

warten – *to wait*

Taschentuch – *handkerchief*

Besuch – *visit*

Milchzahn – *milk tooth*

taub – *numb*

unfreundlich – *unfriendly*

Bohrer – *drill*

Zange – *pliers*

Werkzeugkasten – *toolbox*

Flur – *corridor*

Schreibtisch – *desk*

Krankengeschichte – *medical history*

Arzt – *doctor*

Zähne – *teeth*

benutzen – *to use*

Spiegel – *mirror*

Zahnfleisch – *gums*

Zahnseide – *floss*

Papier – *paper*

Schule – *school*

ZUSAMMENFASSUNG DER GESCHICHTE

Es war wieder an der Zeit für Oliver zum Zahnarzt zu gehen. Er erinnerte sich an seinen ersten Besuch beim Zahnarzt und wie schrecklich es war. Der Zahnarzt war nicht nett und Oliver hatte sich nicht wohl gefühlt. Oliver versprach sich selber, dass er immer gut seine Zähne putzen würde, damit er nie wieder zum Zahnarzt gehen muss. Aber hier war er wieder, ein paar Jahre später beim Zahnarzt. Er war sich sicher, dass es wieder eine schlechte Erfahrung für ihn werden würde. Er sah alle anderen Kinder im Wartezimmer, alle hatten Angst vor dem Zahnarztbesuch. Glücklicherweise war der Zahnarzt sehr nett und versicherte Oliver, dass er nicht die schrecklichen Werkzeuge wie die Zange oder noch schlimmer den Bohrer benutzen würde. Nach der Untersuchung hatten sie keine Löcher gefunden und er war froh, dass er dieses Mal eine gute Erfahrung gemacht hat. Er hat sogar darüber nachgedacht ein Zahnarzt zu werden, wenn er groß ist!

Summary of the Story

It was that time again, Oliver needed to visit the dentist again. He remembers how awful it was his first time visiting the dentist a couple years ago. The dentist was rude and made Oliver feel uncomfortable. Oliver made a promise to himself that he would brush his teeth better so that he never had to go to the dentist again. But here he was visiting the dentist just a couple years later. He was certain this was going to be another bad experience as he saw all of the other children in the waiting room scared for their visit as well. Luckily the dentist was comforting and assured Oliver that he wasn't going to use any of the scary tools like the pliers or worse, the drill! After the checkup they found no cavities and he was relieved to have had a much better experience. He even thought that he might want to become a dentist when he grows up!

QUESTIONS ABOUT THE STORY

1) **Wie hat sich der Zahnarzt bei Olivers erstem Besuch verhalten?**
    A. Er war lustig
    B. Er war unhöflich
    C. Er war schüchtern
    D. Er war gruselig

2) **Wie viele Kinder hat Oliver im Wartezimmer gesehen?**
    A. 5
    B. 2
    C. 4
    D. 3

3) **Wieso ist Oliver zum Zahnarzt gegangen?**
    A. Weil er Löcher hatte
    B. Sein Zahn hat gewackelt
    C. Zur Kontrolle
    D. Er brauchte eine Zahnspange

4) **Wann war Olivers letzter Zahnarztbesuch?**
    A. Vor ein paar Jahren
    B. Vor einem Monat
    C. Letzte Woche
    D. Vor ein paar Wochen

5) **Wie viele Löcher hatte Oliver?**
    A. 2
    B. 0
    C. 1
    D. 3

QUESTIONS ABOUT THE STORY

1) **How did the dentist behave the first time Oliver went to the Dentist?**
   - **A.** He was funny
   - **B.** He was rude
   - **C.** He was shy
   - **D.** He was scary

2) **How many children did Oliver see in the waiting room?**
   - **A.** 5
   - **B.** 2
   - **C.** 4
   - **D.** 3

3) **Why did Oliver go to the dentist?**
   - **A.** Because he had a cavity
   - **B.** His tooth was loose
   - **C.** For a check up
   - **D.** He needed to get braces

4) **When was the last time Oliver visited the dentist?**
   - **A.** A couple years ago
   - **B.** A month ago
   - **C.** Last week
   - **D.** A couple weeks ago

5) **How many cavities did Oliver have?**
   - **A.** 2
   - **B.** 0
   - **C.** 1
   - **D.** 3

ANSWERS

1. B
2. D
3. C
4. A
5. B

KAPITEL 3. DAS GLASURMONSTER

Maria war überglücklich, als sie von ihrer Mutter die Erlaubnis bekommen hatte zu Sarah´s **Übernachtungsparty** zu gehen. Sie war sehr aufgeregt den ganzen Tag mit ihrer Freundin zu spielen und am Ende in ihrem **Zimmer** zu übernachten.

Sie hatten es genossen im Garten und im Pool zu spielen. Sarah´s Mutter hatte ein leckeres **Mittagessen** gekocht und am Nachmittag gab es sogar **Pfannkuchen**.

Sie hatte den Vater von Sarah freundlich **begrüßt,** als dieser am Abend nach Hause kam und sie fand sogar Sarah´s älteren Bruder sehr lustig.

Maria hatte einen sehr guten Tag in Sarah´s Zuhause und mochte ihre Familie sehr.

Nach dem Abendessen, als es Zeit war ins Bett zu gehen, hatten sie ihre Zähne geputzt, ihre Schlafanzüge angezogen und sind ins Bett gegangen. Kurz nachdem Sarah´s Mutter ins Zimmer kam um den Mädchen warme Milch mit **Zimt** und Honig zu geben, hatte sich der Bruder von Sarah ins Zimmer geschlichen und gesagt, er wolle ihnen eine gruselige Geschichte erzählen. „Was ist denn schon eine Übernachtungsparty ohne eine

Gruselgeschichte im Dunkeln?", hatte er gesagt und die **Taschenlampe** unter seinem Gesicht an und aus gemacht, um gruselig auszusehen.

Maria und Sarah schauten sich an. „Was ist, wenn Mama nochmal kommt um zu sehen ob alles in Ordnung ist und wir dann immer noch wach sind? Kriegen wir dann keinen Ärger?" flüsterte Sarah ihrem Bruder zu.

„Mach dir keine Sorgen, wenn wir erwischt werden, dann sag ich ihr, es ist alles meine Schuld." antwortete er.

„Kommt Mädels, wir bauen uns ein Lager!" Er machte eine Handbewegung, um zu zeigen, dass sie ihre Bettlaken unter dem Teppich und am Bett befestigen sollten, um ein **Zelt** zu formen.

Zuerst hielten sie sich zurück, aber dann machten Sarah und Maria trotzdem was er sagte. Alle drei saßen auf dem weichen **Teppich**, unter ihren selbstgebauten Zelten und Danny legte die Taschenlampe in die Mitte.

„Das ist unser **Lagerfeuer**", grinste er.

Als alle bereit waren, räusperte sich Danny und legte einen ernsten **Gesichtsausdruck** auf.

„Vor einer langen Zeit, bevor du geboren wurdest," sagte Danny während er Sarah ansah, „hat unsere Familie eine **angsterregende** Zeit erlebt."

Sarah stockte der Atem und sie hielt ihr Milchglas fest in der Hand während sich Maria nach vorne lehnte um kein Wort zu verpassen.

„Jede Nacht bekamen wir Besuch von dem Glasurmonster, so hat es Mama genannt!", sagte Danny und flackerte seine Taschenlampe unter seinem Gesicht um einen dramatischen Effekt zu erzeugen und die Mädchen zu gruseln.

„Wieso hatte es diesen Namen? Etwa weil es Menschen glasiert hat?", fragte Maria.

„Oder weil es eine Spur von Glasur hinterließ ?", fügte Sarah hinzu.

„Das werdet ihr bestimmt bald herausfinden", sagte Danny und zwinkerte bevor er fortfuhr. „Dinge gingen verloren und jeden Morgen war in der **Küche** eine Unordnung", sagte er während er von Sarah zu Maria hin und her schaute. „Und das Gruseligste war, dass es keine Zeichen gab, dass jemand das Haus betreten hatte. Die Fenster und Türen waren fest verschlossen."

Sarah atmete tief ein, „Ein **Geist**?", flüsterte sie.

„Ganz genau!", zischte ihr Bruder und flackerte die Taschenlampe. Maria hielt ihre Hand über ihren Mund, um nicht zu kreischen und Sarah klammerte sich an ihrem Arm fest und vergrub ihr Gesicht in Marias Schulter.

„Es gab keine andere **Erklärung**. Es muss ein Geist gewesen sein!“

„Was ist dann passiert?“, fragte Maria, und wollte wissen ob der Geist wohl noch immer im Haus ihrer Freundin herumgeistern könnte.

„Eines Nachts ist Mama die ganze Nacht aufgeblieben. Sie saß im komplett dunklen Wohnzimmer und wartete.“

Sarahs Augen wurden immer größer. „Ganz alleine?“, fragte sie.

„Ja. Um **Mitternacht** hat sie ein Geräusch gehört. Sie wusste, jemand ist in der Küche und öffnet alle Schränke.“ Danny lehnte sich nach vorne und senkte seine **Stimme**. „Langsam machte sie sich auf den Weg in die Küche, natürlich so leise wie möglich. Je näher sie kam desto lauter wurden die Geräusche. Als sie in die Küche kam, machte sie das Licht noch nicht an um den Eindringling nicht aufmerksam zu machen, Im Mondlicht sah sie den Schatten einer **Kreatur** am Boden neben dem Schrank.“

„Warte, wenn sie einen Schatten sah, dann kann es kein Geist gewesen sein, oder?“ fragte Maria.

„Sehr schlau", lobte Danny. „Tatsächlich war es kein Geist, aber **die Frage** ist, was wenn es etwas noch schlimmeres war?!"

„Mami!", wimmerte Sarah, besorgt um ihre Mutter in der Geschichte.

„Mama ging um die Arbeitsplatte und gerade als sie ihre Taschenlampe am Handy anmachte, hörte sie einen lauten Knall und große Augen sahen sie an!"

„Nein!", sagten die Mädchen im selben Moment.

„Ja!"

„Was ist passiert?", fragte Sarah neugierig.

„Der laute Knall kam von einem Glas, das von der Kreatur umgeworfen wurde!"

„Und was ist mit deiner Mama passiert?", wollte Maria wissen.

„Nichts, sie hat das kaputte Glas weggeräumt", sagte er mit einem Achselzucken.

„Warte, was?" Sarah schüttelte verwirrt den Kopf. „Was ist mit dem Monster?"

„Es gab kein Monster, das war nur ich, **Schlafwandeln**." Er grinste den beiden Mädchen frech ins Gesicht.

„Ernsthaft?", fragte Maria in Verzweiflung. „Das erklärt die verschlossenen Fenster und Türen. Aber was hast du in der Küche gemacht?"

„Nach etwas Essbarem gesucht, haha."

Sarah schlug ihren Bruder vor Wut auf den Arm und Maria schnaufte enttäuscht. Wegen nichts haben sie sich so gegruselt. Was für ein albernes Ende. Das war mehr wie eine Folge ScoobyDoo, als eine Gruselgeschichte am Lagerfeuer.

„Da ist nur noch eine Sache die ich nicht verstehe," sagte Sarah.

„Was denn?"

„Wieso haben sie dich das Glasurmonster genannt?"

„Das war, weil ich immer eine Spur von Glasur auf dem Boden hinterließ. Ich habe immer die Glasur abgemacht und nur die Muffins gegessen die Mama gebacken hat", antwortete Danny mit einem Grinsen.

„Gute Nacht, Mädels", sagte er während er sich aus dem Zimmer schlich. Die Mädchen richteten ihre **Bettlaken** wieder normal an und waren nicht sehr **erfreut** über die Situation.

VOKABELN

Übernachtungsparty – *Sleepover party*

Zimmer – *Room*

Mittagessen – *Lunch*

Pfannkuchen – *Pancakes*

begrüßen – *To greet*

Zimt – *Cinnamon*

Gruselgeschichte – *Horror story*

Taschenlampe – *Flashlight*

Zelt – *Tent*

Teppich – *Carpet*

Lagerfeuer – *Campfire*

Gesichtsausdruck – *Expression*

angsterregend – *Terrifying*

Küche – *Kitchen*

Geist – *Ghost*

Erklärung – *Explanation*

Mitternacht – *Midnight*

Stimme – *Voice*

Kreatur – *Creature*

Die Frage – *The question*

Schlafwandeln – *Sleepwalking*

Bettlaken – *Bedsheets*

erfreut – *Pleased*

ZUSAMMENFASSUNG DER GESCHICHTE

Maria und Sarah hatten sich so gut verstanden als sie zusammen im Park spielten, dass sie beschlossen eine Übernachtungsparty zu machen. Maria und Sarah verbrachten den ganzen Tag in Sarahs Garten und spielten im Schwimmbecken. Sarahs Mama kochte Mittagessen und am Nachmittag gab es sogar leckere Pfannkuchen. Am Abend gingen die Mädchen nach drinnen und machten sich fertig um ins Bett zu gehen. Bevor die Mädchen sich hinlegten, kam Sarahs Bruder ins Zimmer und wollte ihnen eine Gruselgeschichte über ein Glasurmonster erzählen. Das Monster bediente sich am Kühlschrank und hinterließ eine Unordnung in der Küche. Es hatte außerdem eine Spur von Glasur überall auf dem Boden hinterlassen. Die Mädchen gruselten sich und bekamen Angst, dass das Glasurmonster zurück kommen könnte. Sarahs Mama wachte eines Nachts auf um das Glasurmonster zu fangen. Was sie dann herausfand war nicht was sie erwartet hatte. Es war kein Monster, sondern ihr Sohn Danny, der Schlaf gewandelt ist!

Summary of the Story

Maria and Sarah had so much fun at the park when they first met that they decided they should have a sleepover party. Maria went over to Sarah's house and they played all day in the garden and swam in the pool. Sarah's mom made them lunch and even some delicious pancakes in the afternoon. As night fell the girls went inside and got ready to go to sleep. Before they had a chance to lay down Sarah's brother Danny wanted to tell them a scary story about the frosting monster. The monster would go through the refrigerator and leave a mess in the kitchen. In fact, it would leave traces of frosting all over the floor. The girls became frightened and worried that maybe the frosting monster would come back to visit. Sarah's mother woke up in the middle of the night to catch the monster once and for all. What she found wasn't what she was expecting at all. She discovered that the monster was sleep walking, but it wasn't a monster after all, it was her son Danny!

FRAGEN ZUR GESCHICHTE

1) Was kochte Sarahs Mama am Nachmittag für die Mädchen?

    A. Hot Dogs
    B. Pfannkuchen
    C. Obstsalat
    D. Steak

2) Wer erzählte die Gruselgeschichte?

    A. Maria
    B. Marias Cousin
    C. Sarahs Mutter
    D. Danny

3) Wie spät war es, als Sarahs Mama das Glasurmonster entdeckte?

    A. 2 Uhr morgens
    B. Mitternacht
    C. 3 Uhr morgens
    D. Zur Abendessenszeit

4) Tagsüber, wo haben die Mädchen gespielt?

    A. In der Scheune
    B. Im Maisfeld
    C. Im Garten und im Schwimmbecken
    D. Im Keller

5) Was für ein Geschmack hatte die Glasur der Muffins?

    A. Vanille
    B. Erdbeere
    C. Minze
    D. Wird nicht erwähnt

QUESTIONS ABOUT THE STORY

1) **What food did Sarah's mother prepare for the girls in the afternoon?**
   - A. Hot dogs
   - B. Pancakes
   - C. A fruit salad
   - D. Steak

2) **Who told the scary story?**
   - A. Maria
   - B. Maria's cousin
   - C. Sarah's mother
   - D. Danny

3) **What time was it when Sarah's mom found the Frosting Monster?**
   - A. 2pm
   - B. Midnight
   - C. 3am
   - D. Around dinner time

4) **During the day where did the girls play?**
   - A. In the barn
   - B. In the corn field
   - C. In the garden & swimming pool
   - D. In the basement

5) **What flavor was the cupcake frosting?**
   - A. Vanilla
   - B. Strawberry
   - C. Mint
   - D. It doesn't say

ANSWERS

1. B
2. D
3. B
4. C
5. D

Kapitel 4. Zusammenarbeit

Frau Jones summte vor sich hin, während sie den **Wäschekorb** mit Wäsche auf ihren **Hüften** balancierte. Es war ein schöner, sonniger Tag und sie war fast fertig mit ihrer Hausarbeit. Sie war gerade dabei die **Waschmaschine** voll zu machen, als sie Geschrei aus dem Zimmer ihrer Kinder hörte.

„Gib es zurück!", hörte sie Alex schreien.

„Nein! Es gehört mir!", schrie sein **Bruder** zurück.

Sie rannte **schnell** zu ihnen, um zu sehen was passiert ist. Ihre Kinder waren normalerweise brav und nur ein bisschen frech... in Ordnung, sehr frech.

„Nein ist es nicht! Du hast es von mir **geklaut**!", schrie Alex sehr laut.

„Hab ich nicht!"

„Hast du schon!"

„Hab ich nicht!"

„HAST DU SCHON!"

Sie stritten sich, bis Frau Jones das Zimmer von ihnen erreichte.

„Jungs!", sagte sie laut genug um ihre **Aufmerksamkeit** zu bekommen. „Was ist denn hier los?"

Alex, der am aufgeregtesten war, antwortete ihr. „Connor hat meine Baseball Kappe genommen, Mama!" Er zeigte verärgert auf das Kind neben ihm, das ähnliche Gesichtszüge wie er hatte. „Er sagt die ganze Zeit, dass es seine Kappe ist und gibt sie nicht zurück!"

„Oh je", dachte Frau Jones. Eines der schwierigen Dinge wenn man Zwillinge hat ist es, wenn man ihnen die gleichen Klamotten anzieht. Sie hat, als die zwei noch jünger waren, versucht die Initialen in die Klamotten zu nähen, aber als sie merkte wie viele Klamotten Kleinkinder brauchen und wie oft sie sich umziehen mussten, hat sie das schnell wieder aufgegeben.

Es hätte eine Ewigkeit gedauert alle **Klamotten** zu markieren und wäre trotzdem kaum hilfreich gewesen, wenn man bedachte wie schnell sie aus den Sachen wuchsen. Sie entschied dann, dass es kein Problem ist wenn ab und zu die Klamotten verwechselt werden.

Wie auch immer, als sie größer wurden, wurden sie auch mehr **besitzergreifend** und es war nicht mehr möglich den einen in den Klamotten vom anderen zu kleiden. Außer sie wollte jemanden ausrasten sehen... was nicht all zu anders von der momentanen Situation aussah.

Frau Jones wusste, dass sie diejenige war, die eine **Lösung** finden musste. Sie seufzte hilflos und wusste nicht, wie sie das Problem lösen sollte ohne die beiden traurig zu machen.

Während sie über die Zwickmühle nachdachte, sagte auch Connor etwas: „Aber es ist meine, Mama! Ich bin mir sicher, schau, es hat einen blauen Streifen an der Seite!" Er hielt die Kappe nach oben damit sie es sehen konnte.

„Beide haben einen blauen Streifen an der Seite, du **Genie**! Sie sehen genau gleich aus!", schrie Alex.

„Woher weißt du dann, dass es deine ist und nicht meine?", war die Antwort seines Bruders.

„Ich weiß es eben. Ich kann es fühlen!"

„Das ist so doof! Du bist dumm und **hässlich**!", schrie Connor. Sein Bruder starrte ihn an bevor er zurück beleidigte.

„Wir sehen fast gleich aus du Schlaumeier! Nur dass du noch hässlicher bist!"

„Hey! Niemand beleidigt hier!", sagte sie bestimmt und überrascht wie schnell es eskalierte.

„Das ist das Problem, ich hasse dass wir gleich aussehen!", kreischte Connor und ignorierte seine Mutter dabei komplett.

„Okay, Stop, Connor, was meinst du?" Die besorgte Mutter versuchte noch einmal mit den Jungs zu reden.

„Jeder sagt wir sehen gleich aus! Jedes Mal wenn **Oma** mir sagt ich sehe gut aus, dann muss sie das zu dir auch sagen! Nur, weil dein dummes Gesicht wie meins aussieht!", schoss Alex zurück zu seinem Bruder.

Geschockt von den Worten ihrer Kinder beschloss Frau Jones, dass es an der Zeit war etwas strenger mit ihren Kindern zu sein. „Okay, ihr zwei, jetzt seid nicht mehr gemein zueinander!", sagte sie streng und gab ihnen dabei einen ernsten Blick, sodass beide ertappt auf den **Boden** sahen.

Sie war sich nicht sicher, wie sie das Problem angehen sollte und entschied sich dafür zurück zu dem Auslöser des Problems zu gehen und von dort anzufangen.

„Wo ist denn die andere Kappe?", fragte sie.

Die Jungs sahen sich gegenseitig an und blickten dann schulterzuckend zu ihrer Mutter, **unsicher** wo die zweite Kappe war.

„Also habt ihr sie verloren?" Sie schüttelte den Kopf vor Verzweiflung, konnte aber nicht wirklich böse auf ihre Kinder sein. „Und ihr könnt auf keinen Fall diese Kappe

teilen?“

„Nein! Wir können es dann nicht zur gleichen Zeit tragen“, sagte Alex bestimmt.

„Und müsst ihr es denn zu gleichen Zeit tragen?“

„Ja!“, antwortete Connor dieses Mal.

„Wieso?“

„Weil wir ein Team sind!“, sagten beide mit voller Energie zur gleichen Zeit.

„Oh, natürlich!“, kicherte sie, erleichtert, dass das Problem sich von alleine zu lösen scheint. „Aber sagt mal, streiten sich Team **Mitglieder** die ganze Zeit?“

„Nein“, sagte Connor.

„Nein, das machen sie nicht. Sie verstehen sich gut“, bestätigte Alex.

„Und sie unterstützen sich gegenseitig“, fügte Connor hinzu.

„Ich sehe“, sagte sie mit einem **Lächeln.** „Und ihr Jungs macht das normalerweise auch?“

„Ja!“, sagte Connor bestimmt und drehte sich dann zu seinem Bruder. „Wie das eine Mal, als wir mit dem Ball spielten und ich aus Versehen einen von Herr Dawson´s **Gartenzwergen** kaputt gemacht habe und du Papa erzählt hast, dass du es warst!"

„Oder als wir bei Tante Tilda waren und sie uns **Gemüse** gegeben hat und du meine Karotten gegessen hast, weil du wusstest dass ich die überhaupt nicht mag!" fügte Alex hinzu.

„Oder als Frau Jordan uns beide zum Nachsitzen geschickt hat, weil keiner von uns zugeben wollte wer die **Plastikspinne** in Lizzy´s Rucksack gesteckt hat", lachte Connor und wurde bald von seinem Bruder mit lautem Lachen begleitet.

Frau Jones schaute beide an und lachte bei dem Gedanken wie viel die beiden gerade zugegeben haben, aber sie entschied sich, nichts dazu zu sagen.

„Seht ihr. Seid ihr nicht beide froh dass ihr euch habt? Euer Team ist viel wichtiger als eine Baseball Kappe nicht wahr?", sagte sie, während die Jungs mit einem synchronen Nicken zustimmten.

„Und nur weil ihr gleich ausseht, heißt das nicht, dass ihr nicht sehr **besonders** seid. Das macht euch sogar sehr besonders. Ihr wärt nicht so ein gutes Team, wenn ihr nicht gleich aussehen und euch gleich anziehen würdet nicht wahr?"

Beide schüttelten den Kopf.

„Was haltet ihr davon wenn wir diese Kappe für euren Baby Bruder Max behalten und euch zwei eine neue Kappe kaufen?“

„Gute Idee!“, sagte Alex.

„Okay!“, stimmte Connor zu.

„Super! Wer möchte jetzt ein **Erdbeereis**?“

Die Zwillinge liefen voller Freude in die Küche und ihre liebende Mutter folgte ihnen. Wäsche kann warten, dachte Frau Jones. Nicht jeden Tag konnte sie die zwei Jungs davon überzeugen sich zu vertragen.

VOKABELN

53

Wäschekorb – *clothes basket*

Hüfte – *hip*

Waschmaschine – *washing mashine*

Bruder – *brother*

schnell – *quick / fast*

klauen – *steal*

Aufmerksamkeit – *attention*

Klamotten – *clothes*

besitzergreifend – *possessive*

Lösung – *solution*

Genie – *genius*

hässlich – *ugly*

Oma – *grandma*

Boden – *floor*

unsicher – *unsure*

teilen – *share*

Mitglieder – *members*

Lächeln – *smile*

Gartenzwerg – *gnome*

Gemüse – *veggies / vegetables*

Plastikspinne – *plastic spider*

besonders – *special*

Erdbeereis – *Strawberry ice cream*

ZUSAMMENFASSUNG DER GESCHICHTE

Frau Jones war gerade dabei die Wäsche zu machen, als sie Geschrei aus dem anderen Zimmer hörte. Als sie zu dem anderen Zimmer rannte, fand sie ihre zwei Söhne wegen einer Kappe streiten. Es waren Zwillinge und sie machten normalerweise alles zusammen und trugen immer die gleichen Klamotten. Sie stritten sich, warum sie sich nicht mehr mochten und dass sie es hassten gleich auszusehen. Sie wollten verschieden sein. Frau Jones unterstützte die Jungs ihre eigene Loesung zu finden und zu erkennen, dass sie ein Team sind und sich gegenseitig brauchen.

SUMMARY OF THE STORY

Mrs. Jones was doing laundry when she heard yelling from the other room. As she ran to what was going on, she quickly found her two sons arguing about a baseball hat. These weren't any normal sons, they were twins and they typically wore the same clothes and did everything together. They bickered back and forth about why they didn't like each other and were tired of looking the same; they wanted to be different. Mrs. Jones simply allowed the boys to come to their own conclusion that they were an inseparable team and needed each other after all.

QUESTIONS ABOUT THE STORY

1) Was hat Frau Jones gemacht, als sie ihre Söhne streiten gehört hat?
    A. Abendessen kochen
    B. Sie war duschen
    C. Wäsche waschen
    D. Das Haus putzen

2) Wieso haben ihre Söhne gestritten?
    A. Alex hat Connors Brot gegessen
    B. Sie wollten verschiedene Sendungen im Fernseher sehen
    C. Connor hat das Shirt von seinem Bruder geklaut
    D. Sie wollten beide die Kappe haben

3) Was haben die Jungs in Lizzys Rucksack gesteckt?
    A. Einen Hamster
    B. Geld
    C. Eine Plastikspinne
    D. Ein Glas Fett

4) Was ging in Herr Dawsons Garten kaputt?
    A. Ein Vogelhaus
    B. Der Wasserspritzer
    C. Der Zaun
    D. Ein Gartenzwerg

5) Wieso sind die Jungs in die Küche gerannt?
    A. Weil sie hungrig waren
    B. Wegen dem Erdbeereis
    C. Sie haben sich vor ihrer Mama versteckt
    D. Sie haben etwas verbranntes gerochen

QUESTIONS ABOUT THE STORY

1) What was Mrs. Jones doing when she heard her sons yelling?
  A. Preparing dinner
  B. In the shower
  C. Laundry
  D. Cleaning the house

2) Why were her sons arguing?
  A. Alex ate Connor's sandwich
  B. They wanted to watch different television shows
  C. Connor stole his brother shirt
  D. They both wanted to wear the hat

3) What did the boys put into Lizzy's backpack?
  A. A hamster
  B. Money
  C. A plastic spider
  D. A jar of bacon grease

4) What broke in Mr. Dawson's garden?
  A. A birdhouse
  B. The water fountain
  C. The fence
  D. A lawn gnome

5) Why did the boys run to the kitchen?
  A. Because they were hungry
  B. For strawberry ice cream
  C. They were hiding from their mom
  D. They smelled something burning

ANSWERS

1. C
2. D
3. C
4. D
5. B

Kapitel 5. Lily geht zur Schule

Hanna gähnte, während sie ihre Cornflakes aus der Schüssel aß. Sie sah auf die **Uhr** und merkte, dass sie nur zwanzig Minuten hatte bis sie in der Schule sein musste. Ihre Eltern machten sich fertig für die **Arbeit** und sie war froh, dass sie ihre Schultasche bereits den Abend davor gepackt hatte, denn deswegen hatte sie mehr Zeit sich aufs **Frühstück** zu konzentrieren.

Als ihr Vater sie rief um zu gehen, stand sie auf und holte ihre Schultasche aus einem anderen Raum. Sie schloss die Tasche mit den Gedanken abwesend und blickte ein letztes Mal auf ihr **Bett**.

Während ihre Eltern im **Auto** plauderten, lehnte sie ihren Kopf an das Autofenster und schloss ihre Augen um jeden kleinen Moment zu genießen bevor sie in ihre erste Unterrichtsstunde am **Montag**morgen musste.

Hanna seufzte, während sie durch die Hallen in

ihrer Schule lief, ihre erste Unterrichtsstunde war Englisch. Als sie vor ihrem Schließfach ankam, stellte sie ihre Tasche auf dem Boden ab und sperrte dann ihre **Textbücher** im **Schließfach** ein. Als sie sich bückte, um ihre Schultasche aufzuheben, wurde sie von einem Miau überrascht.

Oh nein! Das konnte nicht sein!

Hanna öffnete langsam ihre Tasche, weil sie einen Verdacht hatte. Als dann die grünen Augen ihrer **Katze** sie anstarrten, wurde dieser Verdacht bestätigt.

„Ich bekomme riesige **Schwierigkeiten**", murmelte sie vor sich hin.

„Lily! Was machst du hier? Hab ich dir nicht verboten in meiner Tasche zu schlafen?", flüsterte sie und blickte um sich, um sicher zu gehen, dass sie keiner beobachtete.

Alles was sie als Antwort bekam, war ein lautes „MIAU" von ihrem flauschigen Freund.

Hanna kicherte, war aber auch ein bisschen besorgt über die Situation in der sie sich befand.

„In Ordnung, Lily. Ich kann dich jetzt nicht mehr zurück nach Hause bringen, also musst du in meiner Tasche bleiben. Du darfst aber keine **Geräusche** machen!“

Als sie als Antwort nur ein **bezauberndes** Kopfnicken bekam, fuhr sie fort, ihre Tasche für den Unterricht auszupacken.

Als sie angekommen war, legte sie ihre Tasche vorsichtig unter ihren Tisch und ging sicher dass sie die Tasche einen Spalt offen ließ. Dann ordnete sie ihre Bücher und Papiere an, während sie auf den Lehrer wartete.

Irgendwie hatten Lily und Hanna es durch den Morgen geschafft ohne größeren Vorfälle. Nur einmal wollte Lily **Aufmerksamkeit** mit einem lauten Miau gewinnen, doch Hanna konnte grade noch rechtzeitig niesen um es zu überdecken.

Jetzt war Mittagspause und Hanna wusste, dass

sie Lily füttern musste. Sie hatte etwas Milch und Käse für ihr Mittagessen, aber das Problem war, wo sollte sie die Katze füttern? Sie konnte sie nicht in ihrer Tasche lassen, denn das würde eine große Sauerei werden. Sie lief um das **Schulgelände** und versuchte einen Platz zu finden an dem sie niemand sehen konnte.

Nachdem sie verschiedene Plätze ausprobiert hatte, entschloss sie sich für den besten Platz, hinter der **Gartenhütte.** Sie setzte sich im Schneidersitz auf die Wiese und holte Lily aus ihrer Tasche.

„Hey, du Süße! Ich wette dir war die ganze Zeit langweilig", sagte Hanna liebevoll während sie Lily´s Kopf streichelte. „Ich bin sehr **stolz** auf dich, weil du dich so gut benommen hast! Jetzt gibt es erst mal etwas zu Essen!"

Sie packte den Käse aus und gab etwas davon Lily. Dann goss sie etwas Milch in den Deckel ihrer Brotbox und schob es Lily entgegen, die sofort anfing die Milch zu trinken.

Hanna sah ihrem Haustier zu, während sie ihr Brot und ihren **Apfel** aß. Sie gab Lily ein Stück von ihrem Truthahn, bevor sie ihr noch etwas mehr Milch gab.

Als beide satt waren, packte Lily die leere Milchtüte, die Käse-Verpackung und die Überreste ihres Apfels in ihre Brotbox und diese dann in ihre Tasche, bevor sie versuchte auch Lily wieder in die Tasche zu packen.

Die Katze hatte jedoch einen anderen Plan. Nach dem **herzhaften** Mittagessen wollte Lily sich ein bisschen die Pfoten vertreten. Sie ignorierte Hanna und lief verträumt in die andere Richtung um den Schulgarten zu erforschen.

„Lily!" Hanna sprang auf, um ihr nach zu gehen. Sie schwang ihren Rucksack auf den Rücken und drehte sich um, um ihrer Katze nach zu gehen und lief dabei direkt in eine andere Person.

„Ich schätze die kleine hier ist deine?"

Hanna blickte auf und sah den Schul**gärtner** mit

Lily im Arm.

„Ja, Herr Barnaby", sagte Hanna nervös was passieren würde, jetzt wo sie erwischt wurden.

„Möchtest du mir erklären wieso deine Katze auf dem Schulgelände ist?", sagte Herr Barnaby mit einer ruhigen Stimme.

Hanna sah ihn noch ein mal an und merkte, dass er nicht wütend aussah.

„Ehm also, Lily mag es in engen dunklen Plätzen zu schlafen. Ich denke, dass sie sich in meiner Tasche versteckte, als meine Mama die Vorhänge öffnete. Ich habe es erst gemerkt als ich meine Bücher in mein Schließfach gesperrt habe."

„Ich verstehe", kicherte er. „Wieso gehst du nicht wieder in den Unterricht und lässt Lily bei mir, ich bin sicher dass wir uns gut verstehen werden."

Hanna´s Augen wurden größer als sie das Angebot hörte und sie war **erleichtert**. „Wirklich?"

„Ja, kein Problem. Das ist unser kleines Geheimnis!", sagte er.

Glücklich, dass sie keine Schwierigkeiten bekommen würde, dankte sie ihm vielmals und rannte zurück in den Unterricht.

Der Nachmittagsunterricht verging nicht schnell genug für Hanna aber ihre **Geduld** wurde am Ende belohnt, als sie Lily vom Gärtner abholte. Herr Barnaby versicherte ihr noch ein mal, dass er es niemandem erzählen würde. Er gab ihr den Rat von jetzt an immer in ihre Schultasche zu schauen bevor sie das Haus verließe.

Am nächsten Tag ging Hanna zurück zum Gärtner und gab ihm eine Saftbox als Dankeschön dafür, dass er ihr **Geheimnis** bewahrt. Sie hatte einen neuen Freund gewonnen!

VOKABELN

Uhr – *clock*

Arbeit – *work*

Frühstück – *breakfast*

Bett – *bed*

Auto – *car*

Montag – *monday*

Schließfach – *locker*

Textbücher – *textbooks*

Katze – *kitten*

Schwierigkeiten – *trouble*

Geräusche – *noise*

bezaubernd – *adorable*

Aufmerksamkeit – *attention*

Schulgelände – *school grounds*

Gartenhütte – *garden shed*

stolz – *proud*

Apfel – *apple*

herzhaft – *hearty*

Gärtner – *gardener*

Geduld – *patience*

Geheimnis – *secret*

Zusammenfassung der Geschichte

Hanna begann ihre Morgenroutine mit einer Schüssel Cornflakes, so wie sie es immer tat. Sie sah noch einmal in ihr Zimmer um sicherzugehen, dass sie nichts vergessen hatte. Sie griff nach ihrem Rucksack und ging zur Schule. Als sie in der Schule ankam, griff sie in ihre Tasche nach ihren Büchern. Sie hörte ein bekanntes Geräusch. „MIAU" Sie sah, dass ihre Katze Lily ein Schläfchen in ihrem Rucksack machte! In der Hoffnung nicht erwischt zu werden, versteckte Hanna ihre Katze bis zur Mittagspause unter ihrem Tisch. Überraschenderweise war Lily sehr gut und machte keine Geräusche. Während der Mittagspause gingen die beiden hinter die Schule und teilten ihr Mittagessen. Als Hanna nicht aufpasste, lief Lily umher und erforschte den Garten. Hanna lief ihr hinterher und lief dabei in den Gärtner, Herrn Barnaby. Nachdem Hanna erklärte warum Lily mit ihr in der Schule war, bot er an den restlichen Schultag auf die Katze aufzupassen.

Summary of the Story

Hanna did her morning routine as she normally does with a bowl of cereal and getting ready for school. She double checked her room to make sure she didn't leave anything behind, grabbed her backpack and was off to school. When she arrived to her locker, she reached into her bag to take only the books she would need for her upcoming class. Upon setting her bag down, she heard a familiar sound… "Meow". She discovered that her cat Lily decided to take a nap inside of her backpack! Hoping that she wouldn't get caught, Hanna had no choice but to hide Lily in her desk until lunch time. Surprisingly Lily was very well behaved and didn't make any noises. During the lunch break the two of them went behind the school and shared some lunch. When Hanna wasn't paying attention, Lily took the liberty to explore the area. Hanna chased after Lily and ended up running into Mr. Barnaby, the school gardener. He questioned Hanna as to why Lily was at school and then offered to watch after her until the end of the day.

Questions About the Story

1) Was aß Hanna zum Frühstück?
    A. Joghurt
    B. Cornflakes
    C. Speck und Eier
    D. Obst

2) Was hat Hanna in ihrer Tasche gefunden als sie an ihrem Schließfach ankam?
    A. Ihre Zahnbürste
    B. Einen Aufkleber
    C. Ihre Katze Lily
    D. Ihren Hund Charlie

3) Was hat Lily zum Mittag gegessen?
    A. Einen Apfel
    B. Ein Brot
    C. Käse und Milch
    D. Empanadas

4) Von wem wurde Lily erwischt als sie weg rannte?
    A. Ihrem Lehrer
    B. Hannas bestem Freund
    C. Dem Schuldirektor
    D. Dem Gärtner

5) Am nächsten Tag, wie bedankte sich Hanna bei dem Gärtner?
    A. Sie gab ihm Geld
    B. Sie gab ihm eine Saftbox
    C. Sie hat nichts gemacht
    D. Sie hat ihm ein Lied vorgesungen

Questions About the Story

1) What did Hanna eat for breakfast?
   A. Yogurt
   B. Cereal
   C. Bacon and eggs
   D. Fruit

2) What did Hanna find in her bag when getting to her locker?
   A. Her toothbrush
   B. A sticker
   C. Her cat Lily
   D. Her dog Charlie

3) What did Lily eat for lunch?
   A. An apple
   B. A sandwich
   C. Cheese and milk
   D. Empanadas

4) Who caught Lily when she ran off?
   A. Her teacher
   B. Hanna's best friend
   C. The school principal
   D. The gardener

5) The next day, what did Hanna do to show her appreciation to the gardener?
   A. Gave him money
   B. Gave him a juicebox
   C. She didn't do anything
   D. Sang him a song

Answers

1. B
2. C
3. C
4. D
5. B

Kapitel 6. Kampf gegen den Butzemann

Samstag Nachmittag war die Familie Mason in einem **ungewöhnlich** ruhigen Zustand. Die Eltern waren beim Einkaufen, die ältere Schwester sah einen Film in ihrem Zimmer und die zwei jüngsten **Geschwister** starrten die Kellertür von der Treppe aus an.

„Glaubst du da ist ein Monster drinnen?", flüsterte Ryan während er seine Schwester am Arm packte und sie mit unschuldigen Augen ansah.

„Ich weiß es nicht, könnte schon sein...", antwortete Lydia. Sie zuckte zusammen als sie ein Geräusch von der **Tür** kommen hörte. Es klang wie ein Grummeln oder ein Gurgeln oder wie auch immer das Geräusch heißt, das von einem hungrigen Magen kommt. Das Geräusch erinnerte sie an einen Horrorfilm den ihre Schwester immer ansah.

„Sollten wir es nicht Selma erzählen?", fragte eine dritte Stimme. Ihr Freund Ben, der zum spielen gekommen war, wurde aber schnell in die Beobachtungsmission eingeweiht und berichtete was für gruselige Dinge in ihrem Haus passierten.

„Sie würde uns nur anschreien weil wir sie gestört haben", sagte Lydia und schüttelte dabei ihren **Kopf.** Sie kannte ihre Schwester gut und wusste, dass man sie nicht stören sollte wenn sie sich einen Film ansah.

„Also… meint ihr wir sollen runter gehen und nachsehen?", antwortete Ben und starrte die **Kellertür** an und dann wieder Lydia.

„Nein!", unterbrach Ryan mit großen, ängstlichen Augen. „Was ist, wenn es der Butzemann ist!"

„Sei nicht albern Ryan, der Butzemann kommt nur in der **Nacht** raus", antwortete Ben mit einem herablassenden Lächeln.

„Aber was ist, wenn er sich hier bis zum **Sonnenuntergang** versteckt?", sagte Lydia „Irgendwo muss er ja tagsüber sein."

„Oh ja", nickte Ben zustimmend und verstand was Lydia mit ihren **Worten** meinte.

„Ich denke, wir sollten einfach runter gehen und schauen ob es der Butzemann ist und wir können ihn dann einfach fragen zu gehen. Vielleicht kann er ja im Keller der Schule wohnen."

„Ihn fragen zu gehen?", schrie Ben auf. „Lydia, das ist der Butzemann und keine kleine süße **Fee**!"

„Was sollen wir dann machen? Wir können ihn nicht für immer hier wohnen lassen!"

„Wir sollten ihn bekämpfen!", sagte Ben mit einem sicheren Nicken. „Ich denke das schaffen wir. Drei gegen einen."

„In Ordnung. So lange er nicht mehr hier wohnt", sagte Lydia bevor sie eine **Treppenstufe** nahm unten nimmt.

„Geh nicht!", bat ihr kleiner Bruder mit einer weinerlichen Stimme. Er hatte Angst vor dem was passieren könnte.

„Ja, warte noch ein bisschen." Ben zog sie am Arm zurück. „Dorthin stürmen tut uns keinen Gefallen", sagte er. Wir sollten Jason holen, der kann Karate", fügte er nach einer Weile hinzu. „Was auch immer im Keller ist, es wird zurück kämpfen. Mit Jason sind wir besser dran!"

„In Ordnung, Und frag auch Sally ob sie kommt", sagte Lydia während sie Ryan umarmte um ihn zu beruhigen.

„Ok, ihr beide bleibt hier und ich hol ihn." Und dann verschwand Ben und hinterließ Lydia und Ryan um die Tür zu beschützen.

Als er mit Jason und Sally zurück kam, fand er Lydia mit einem Küchenspachtel und Ryan mit einem **Holzlöffel** bewaffnet auf sie warten. Ryans kleinen Beine zitterten ein bisschen.

„Wofür ist das?", fragte Sally nachdem sie alle begrüßt hatte.

„Waffen!", rief Ryan.

„Ich glaube nicht, dass die dem Butzemann Schaden zufügen können", merkte Jason an. Ben erzählte den beiden auf dem Weg zu den Masons, was in ihrem Haus vorging. „Sollen wir runter gehen und uns dem Butzemann stellen?"

Alle anderen waren einverstanden und stimmten zu.

„In Ordnung, hier ist der Plan", fing Lydia an. „Ryan öffnet die Tür und der Rest von uns schleicht sich hinein. Wir umzingeln ihn. Ich schlage ihn mit dem Spachtel auf ein **Knie**, Sally tritt ihm ins **Kinn** wenn er auf seinen Knien ist, Ben und Jason treten ihm ins Gesicht. Ok?"

Alle willigten ein und mit all ihrem Mut gingen sie gemeinsam die Treppe hinunter.

Als Lydia das Signal gab, öffnete der kleine Ryan die Tür und alle anderen liefen schreiend hinein.

Zu ihrer **Enttäuschung** ging ihr Angriff nach hinten los. Ganz einfach, weil da nichts zum Angreifen war. Der Keller war komplett leer. Kein Zeichen von einem Lebewesen oder einem Monster.

Sie tauschten überraschende Blicke aus und fragten sich woher das Grummeln herkam, das sie davor hörten. Sie blickten in die Richtung wo das Geräusch herkam und fanden einen Wasserboiler in der Ecke stehen.

„Ich finde es klingt ein bisschen wie ein grummeln", sagte Jason und kratze sich fragend am Kopf.

„Und das Geräusch war durch die Tür ein bisschen verzerrt", fügte Ben mit einem Lachen hinzu.

„Schaut, was ich gefunden habe!", schrie Ryan vom anderen Ende des Zimmers und hielt ein **Brettspiel** in die Luft ,das aussah wie Monopoly.

Die anderen Kinder taten das gleiche und erforschten die verschiedenen Kisten in dem Raum.

Lydia und Sally waren glücklich über ihren Fund von Puppen und **Springseilen**, während die Jungs sich über ihren Fund, ein Skateboard, Tennisschläger und Bälle freuten.

Als Lydias Eltern wieder nach Hause kamen fanden sie die Kinder vertieft in dem Brettspiel, immer noch in dem Keller.

„Ich sehe ihr habt eure alten **Spielsachen** gefunden", sagte Frau Mason mit einem großen Lächeln im Gesicht. „Habt ihr Spaß beim Spielen?"

Die Kinder versicherten, dass sie Spaß daran hatten und sie ließ die Kinder weiterspielen und versprach mit kleinen Snacks zurück zu kommen.

Nach ein paar Tagen hatten Frau und Herr Mason eine Idee und schlugen den Kindern vor, das Kellerzimmer in ein Spielzimmer umzubauen, nachdem sie gesehen hatten, wie viel Spaß die Kinder mit ihren Freunden dort hatten. Lydia und Ryan waren überglücklich und waren einverstanden mit der Idee. Ihre Freunde bedankten sich ebenfalls, als sie von den Neuigkeiten erfuhren.

Wenn es draußen zu heiß zum Spielen war, dann wurden die **Sommertage** im Keller der Masons verbracht und sie haben mit all den Spielsachen gespielt. Jahre später erinnerten sie sich immer noch gerne an den Tag zurück, der als **Monsterjagd** anfing und als **Schatzsuche** endete.

VOKABELN

ungewöhnlich – *unusual*

Geschwister – *siblings*

Tür – *door*

Kopf – *head*

Keller – *basement*

Nacht – *night*

Sonnenuntergang – *sunset*

Worte – *words*

Fee – *fairy*

Treppenstufe – *stairs*

Holzlöffel – *wooden spoon*

Knie – *knee*

Gesicht – *face*

Enttäuschung – *disappointment*

Brettspiel – *boardgame*

Springseil – *jumping rope*

Spielsachen – *toys*

Sonnenaufgang – *sunrise*

Monsterjagd – *monster hunt*

Schatzsuche – *treasure hunt*

ZUSAMMENFASSUNG DER GESCHICHTE

Im Haus der Masons gingen die Kinder im Keller auf eine Monsterjagd, während die Eltern beim Einkaufen waren. Es fing alles mit gruseligen Geräuschen an die vom Keller kamen. Die Kinder entschieden sich selbst darum zu kümmern. Sie luden ein paar Freunde ein um das Monster zusammen als Gruppe zu bekämpfen. Als sie in den Keller stürmten um es anzugreifen, merkten sie schnell, dass dort niemand im Keller war. Die Geräusche kamen nicht, wie sie glaubten von einem Monster, sondern von einem alten Wasserboiler. Zu ihrer Überraschung fing das Abenteuer aber erst an. Was sie fanden war sogar noch besser: Kisten mit alten Spielsachen, Springseilen und Brettspielen.

SUMMARY OF THE STORY

The Mason household goes on an adventure to fight the monster in the basement while the children's parents are away grocery shopping. It all started with scary noises coming from downstairs and the children decided to take matters into their own hands. They invited a couple friends to join forces and fight the monster as a group. As they rushed downstairs ready to attack, they quickly discovered that there wasn't a single living being in the basement. The noises once thought to be coming from the monster were actually from an old water heater. To their surprise, the adventure was just getting started. What they found was even more exciting: boxes of old toys, jump ropes and board games.

QUESTIONS ABOUT THE STORY

1) Was hat Ryan als Waffe benutzt?
    A. Eine Dose Thunfisch
    B. Ein Schwert
    C. Eine Zahnbürste
    D. Ein Holzlöffel

2) Wo war die älteste Schwester der Kinder?
    A. In der Schule
    B. Laufen
    C. Mit den Eltern beim Einkaufen
    D. In ihrem Zimmer einen Film schauen

3) Wieso wollten die Kinder dass Jason mit ihnen in den Keller kommt?
    A. Weil er Karate kann
    B. Weil er Spanisch spricht
    C. Weil er groß ist
    D. Er stinkt und könnte somit das Monster verjagen

4) Was machte die gruseligen Geräusche in dem Keller?
    A. Eine Katze
    B. Ein Fernseher
    C. Der Wasserboiler
    D. Eine Maus

5) Lydia und Sally fanden in der Kiste..
    A. Ein Damebrett
    B. Spielkarten
    C. Springseile und Puppen
    D. Ein Plattenspieler von 1940.

1) What did Ryan use as a weapon?
    A. A can of tuna
    B. A sword
    C. A toothbrush
    D. A wooden spoon

2) Where was the children's eldest sister?
    A. At school
    B. Running
    C. With their parents grocery shopping
    D. In her room watching a movie

3) Why did the children want their friend Jason to come with them to the basement?
    A. Because he knows karate
    B. He speaks Spanish
    C. He's really tall
    D. He is really stinky and could scare away the monster

4) What was making the scary noises in the basement?
    A. A cat
    B. A television
    C. The water heater
    D. A mouse

5) Lydia and Sally found in the boxes:
    A. A checkers board
    B. Playing cards
    C. Jump rope and rag dolls
    D. A record player from the 1940s

ANSWERS

1. D
2. D
3. A
4. C
5. C

Kapitel 7. Toleranz

Linda und Melissa saßen im Büro des **Direktors** und starrten sich gegenseitig böse an. Ihre Gesichter waren voll mit Pflastern und ihre Harre waren durcheinander.

„In Ordnung, Mädchen. Wieso erzählt ihr mir nicht einfach was passiert ist?", fragte Direktor Owen mit einem strengen, aber nicht unfreundlichen Gesicht. Als er diesen Job begann, hoffte er immer dass keine **Kinder** in sein **Büro** kamen, die gestritten hatten. Doch mit den Jahren hatte er gelernt damit umzugehen und wusste jetzt wie er solche Situationen lösen konnte. Er mochte nicht gerne sehen, wenn sich Kinder gegenseitig wehtaten, aber er war froh, dass er helfen konnte solche Ereignisse in **Zukunft** zu verhindern.

Als er die Mädchen bat zu erzählen was passiert war, fingen beide Mädchen gleichzeitig an zu reden und wollten sich selbst verteidigen. Er konnte nicht alles **verstehen** was sie sagten und entschied, dass es besser ist wenn beide aufhören.

„Mädchen!", sagte Herr Owen laut. „Einer nach dem anderen. Wieso fängst du nicht an, Melissa?"

„Ich habe mich um meine eigenen Sachen gekümmert, hab

in meinem Zeichenbuch **gezeichnet,** nachdem ich mein Mittagessen gegessen hatte und dann kam sie und setzte sich neben mich", fing sie an zu erzählen, zuerst ruhig, doch mit jedem Wort wurde sie aufgeregter. „Sie sah meine Zeichnung und sagte, dass es hässlich sei. Als ich sie bat das zurück zunehmen, verweigerte sie und schubste mich stattdessen. Sie sagte, dass ich genauso hässlich sei wie meine Zeichnung. Ich schubste sie zurück und dann fingen wir an zu streiten. Sie hat aber **angefangen!**", erzählte Melissa und sah ab und zu mit einem bösen Blick zu Linda.

„Ok, ich verstehe. Linda ist es so passiert?", fragte der Direktor Linda.

„Nein! Ich habe sie gesehen und ging zu ihr um mit ihr zu reden. Sie hat nicht mit mir geredet und hat nur die ganze Zeit in ihrem Zeichenbuch gekritzelt. Dann hab ich ihr meine ehrliche **Meinung** zu ihrem Bild gesagt und das hat sie sauer gemacht. Sie bat mich es zurück zunehmen. Ich wollte es aber nicht zurück nehmen, weil ich wirklich fand, dass ihre Zeichnung hässlich war. Was hätte ich denn sonst machen sollen. Etwa **lügen**? Ich schubste sie von mir weg und wollte weggehen, doch dann schubste sie zurück und ich fiel auf den Boden", erzählte Linda während sie auch immer wieder zu Melissa sah.

„Ich verstehe", sagte der Direktor während er beide Mädchen ansah und an seinem **Schreibtisch** saß. Er nahm sich einen Moment um die Situation zu analysieren. Als er glaubte den besten **Weg** gefunden zu haben um mit der Situation fertig zu werden, begann er zu reden. „Während wir auf eure Eltern warten würde ich euch gerne die wahre Bedeutung des Wortes „Toleranz" erklären. Ist das in Ordnung für euch?"

Melissa und Linda nickten mit dem Kopf und waren froh, dass sie noch keinen so großen Ärger bekommen hatten.

Herr Owen nickte ebenfalls bevor er anfing zu erzählen. „Toleranz bedeutet, dass man anderen erlaubt, die Dinge zu sagen oder zu machen, die man selbst vielleicht nicht so sehr mag. Es bedeutet ebenfalls jemanden mit Respekt zu behandeln. Man muss sich nicht mögen aber man sollte sich respektieren und versuchen miteinander auszukommen." Er schaute eines der Mädchen an. „Linda, das bedeutet, auch wenn du Melissas Bild nicht magst, solltest du es ihr nicht einfach sagen, weil das respektlos und **gemein** ist und es kann den anderen verletzen. Außerdem hat sie ja gar nicht nach deiner Meinung gefragt. Du solltest sie außerdem nicht schubsen, nur weil sie dich bat deine Worte **zurück zunehmen**." Dann drehte er sich und sprach zu dem anderen Mädchen. „Melissa, ich verstehe, dass die Worte verletzend waren, aber anstatt sie zu ignorieren, hättest du ihr einfach sagen können dass du einfach gerne alleine sein möchtest. Du hättest außerdem einem Lehrer erzählen sollen, dass sie dich geschubst hat, anstatt selber zurück zu schubsen. Unsere Schule toleriert kein **Mobbing** und Linda wäre für ihr Verhalten bestraft worden."

Die Mädchen starrten auf den Boden und bereuten ihr **Verhalten**.

„Jeder sollte andere respektieren und tolerieren. Versteht ihr das?", fragte Herr Owen ruhig und trotzdem bestimmt.

„Ja, Herr Owen", sagte Melissa.

„Ja, Herr Owen", antwortete Linda ebenfalls.

„Ist da irgendwas dass du sagen möchtest, Linda?"

„Es tut mir leid was ich gesagt habe und ich nehme es zurück. Es tut mir auch leid, dass ich dich geschubst hab. Das wird nicht wieder vorkommen", sagte sie zu ihrer Klassenkameradin.

„Melissa?", sagte Herr Owen auffordernd.

„Ich akzeptiere deine **Entschuldigung** und es tut mir leid, dass ich dich ignoriert habe", sagte Melissa zu Linda.

„Sehr gut. Jetzt wo wir das aus dem Weg geschafft haben, denkt ihr Mädchen ihr solltet für euer Verhalten bestraft werden?“

Beide Mädchen nickten.

„**Bestrafung** ist nicht da um euch wehzutun. Es ist da um euch beizubringen, dass euer Verhalten Konsequenzen nach sich zieht und dass ihr dafür die **Verantwortung** tragen müsst. Wenn ihr das lernt, dann werdet ihr euer Verhalten in Zukunft nicht mehr wiederholen.“

„Ja, Herr Owen“, sagten beide Mädchen zur gleichen Zeit. Sie glaubten Herr Owen, dass er ihnen nur etwas beibringen wollte und verstanden, dass ihr Verhalten nicht gut war.

„Sehr gut. Eigentlich hätte ich euch beiden jeweils eine Woche **Nachsitzen** gegeben, doch weil ihr so verständnisvoll seid und euch bei dem anderen entschuldigt habt, gebe ich euch nur drei Tage. Außerdem glaube ich, dass ihr schon genug **Schmerzen** habt“, sagte er während er die beiden freundlich anlächelte.

Gerade als er aufgehört hatte zu reden, klopfte seine Assistentin an die Tür und kündigte das Eintreffen der **Eltern** an. Sie wurden dann ins Büro gebeten.

Melissas Vater und Lindas Mutter liefen zu ihren Kindern und umarmten sie, bevor sie sich dem Direktor zuwendeten um zu erfahren was passiert war.

Nachdem Herr Owen den Eltern erzählte was passiert war und ihnen versicherte, dass die Mädchen ihre Lektion gelernt hatten, entschuldigten sich die Eltern auch dafür was passiert war und alle gingen nach Hause.

Einige Tage später blickte Herr Owen aus dem Fenster in seinem Büro und sah, dass die Mädchen ihre Pause zusammen verbrachten. Er sah, dass Linda und Melissa zusammen spielten. Sie liefen hintereinander her und spielten Fangen.

Er lächelte bei dem Anblick und nickte als Zeichen der Zufriedenheit. Toleranz kann manchmal Feinde zu Freunden machen. Er war froh, dass dies der Fall bei den zwei Mädchen war.

VOKABELN

Direktor – *principal*

Kinder – *children*

Büro – *office*

Zukunft – *future*

verstehen – *understand*

zeichnen – *draw*

anfangen – *to start*

Meinung – *Opinion*

lügen – *lie*

Schreibtisch – *desk*

Weg – *way*

gemein – *mean*

zurück nehmen – *take back*

Mobbing – *bullying*

Verhalten – *behavior*

Entschuldigung – *apology*

Bestrafung – *punishment*

Verantwortung – *responsibility*

Nachsitzen – *detention*

Schmerzen – *pain*

Eltern – *parents*

Zusammenfassung der Geschichte

Linda und Melissa saßen im Büro des Direktors und starrten sich an. Beide waren sehr sauer wegen dem Streit, den sie gerade hatten. Herr Owen, der Schuldirektor, kannte diese Situationen und dachte, dass es am besten war, wenn die Mädchen beide ihre Seite der Geschichte mitteilen könnten. Die Mädchen erzählten beide ihre Seite der Geschichte, während Herr Owen geduldig zuhörte. Melissa verletzte Lindas Gefühle, weil sie Linda ignorierte. Weil Lindas Gefühle verletzt waren, reagierte sie gemein und sauer und schubste Melissa weg und so begann der Streit. Im Büro verstanden beide Mädchen, dass das nicht in Ordnung war und sie entschuldigten sich bei dem jeweils anderen. Sie haben etwas sehr Wichtiges über Toleranz gelernt und wie man solche Situationen verhindern kann.

SUMMARY OF THE STORY

Linda and Melissa sat in the principal's office glaring at each other. Both of them were angry because of the fight they just had. Mr. Owen, the school principal had seen these types of situations before and thought it would be best to let the girls give an explanation. The girls each gave their side of the story as Mr. Owen listened intently. Melissa truly hurt Linda's feelings when she ignored Linda. Because of this, she reacted with violence and pushed Melissa. Before they knew it they began to fight. In the office, the girls came to an understanding and apologized to each other. They were given a very important lesson about tolerance and how to prevent problems from escalating.

QUESTIONS ABOUT THE STORY

1) Am Anfang der Geschichte, was hat Melissa gemacht?
    A. Kaugummi gekaut
    B. Einen Test gemacht
    C. In ihrem Zeichenbuch gemalt
    D. Ein Papierflugzeug gebastelt

2) Wann haben die Mädchen angefangen zu streiten?
    A. Als die Schule anfing
    B. Nach dem Mittagessen
    C. Als die Schule zu Ende war
    D. Am Morgen bevor die Schule anfing

3) Was hat Melissa getan, dass Linda verletzt hat?
    A. Sie hat sie ignoriert
    B. Ihren Stift geklaut
    C. Ihre Hausaufgaben zerrissen
    D. vor allen anderen blamiert

4) Wie wurden sie für ihren Streit bestraft?
    A. Sie mussten Geschirr spülen
    B. Sie wurden von der Schule suspendiert
    C. Sie bekamen mehr Hausaufgaben
    D. Sie mussten Nachsitzen

5) Was hat Herr Owen ein paar Tage später gesehen?
    A. Sie haben sich wieder gestritten
    B. Sie haben Fangen gespielt
    C. Sie haben zusammen gemalt
    D. Sie waren immer noch beim Nachsitzen

Questions About the Story

1) At the beginning of the story, what was Melissa doing?
   A.   Chewing gum
   B.   Taking a test
   C.   Drawing in her sketchbook
   D.   Making a paper airplane

2) At what time in the day did the girls start fighting?
   A.   When school started
   B.   After lunch time
   C.   When school ended
   D.   In the morning before school started

3) What did Melissa do to Linda that made her upset?
   A.   She ignored her
   B.   Stole her pencil
   C.   Ripped up her homework
   D.   Embarrased her in front of the entire class

4) What was the girls' punishment for getting into a fight?
   A.   They had to wash dishes
   B.   They were suspended from school
   C.   They were given extra homework
   D.   They were given detention

5) What did Mr. Owen see the girls doing a few days later?
   A.   They were fighting again
   B.   They were playing tag
   C.   The were coloring together
   D.   They were still in detention

ANSWERS

1. C
2. B
3. A
4. D
5. B

Kapitel 8. Gib niemals auf

Kyla band ihre **Schuhe** fester. Sie stand wieder auf und griff nach ihrem Baskeball bevor sie das Haus verließ.

Sie sah den **orangen** Ball an, den sie an der Seite hielt, holte tief Luft und betrat die **Turnhalle**. Heute würde sie einen Korb werfen. Das schwor sie sich selbst.

Kyla verweigerte sich selbst die Motivation zu **verlieren**. Obwohl sie schon seit ungefähr zwei Wochen ein Teil des Baskeball Teams war, hatte sie es bis jetzt noch nicht geschafft den Ball in den Korb zu werfen. Aber das war in Ordnung, sie war sich sicher, dass sie es bald schaffen würde.

Sie betrat also mit einer positiven Einstellung die Turnhalle. Sie dribbelte den Ball umher um sich **aufzuwärmen** und sah dann den Basketball Korb an. Sie ging etwas in die Knie, hob ihre Ellbogen an und zielte auf den Metallring am Korb, bevor sie sich etwas nach vorne lehnte und den Ball katapultartig **warf**.

Sie seufzte, als sie sah, dass der Ball vom Korb abprallte. Wenigstens hatte sie dieses Mal den Ball auf die richtige **Höhe** geworfen.

Sie holte den Ball und stand still bevor sie es nochmal versuchte. Dieses Mal erreichte der Ball nicht mal das Brett an dem der Korb befestigt war, sondern verlor schon vorher den Schwung und fiel dank der **Gravitation** wieder auf den Boden zurück.

Kyla runzelte die **Stirn**. Sie holte den Ball noch einmal und **versuchte** es ein drittes Mal. Sie sammelte ihren ganzen Willen in sich um es dieses Mal zu schaffen, doch leider traf sie wieder nicht.

So ging es für fast eine ganze **Stunde**. Kyla versuchte immer wieder den Ball in den Korb zu werfen, doch er wollte einfach nicht hinein.

Während sie aus ihrer **Wasserflasche** trank, die sie mitgebracht hatte, starrte sie den Basketballkorb an der sie zu verspotten schien und sie herausforderte. Zu diesem Zeitpunkt hatte sich ihre Motivation jedoch vermindert. Ihre Beine taten weh und auch ihre Arme schmerzten. Sie war **verschwitzt** und wollte nach Hause gehen, um ein erfrischendes Bad zu nehmen und eine Kugel leckeres Eis zu essen. Kyla war sehr verlockt von der Idee aufzugeben aber ihre **Sturheit** ließ sie nicht. Sie wollte heute noch treffen!

Sie versuchte es eine weitere halbe Stunde, doch immer noch ohne **Erfolg.** „Was ist das **Geheimnis** für dieses dumme **Spiel**?“, fragte sie sich selbst. Sie hatte jeden Artikel, den sie online finden konnte, gelesen und jede YouTube **Anleitung** angeschaut und alles genauso gemacht, wie es beschrieben wurde, da war sie sich sicher, aber sie konnte einfach nicht treffen!

Sie entschied sich dazu nicht länger von einem festen Punkt zu werfen, während sie sich auf das Brett konzentrierte. Sie lief durch die Turnhalle auf den Korb zu und nutzte die Bewegung und den Schwung zu ihrem Vorteil, leider wieder ohne Erfolg.

Sie versuchte die gleiche Technik noch einmal doch bevor sie werfen konnte **rutschte** sie **aus** und fiel hin.

„Jetzt reicht es!“, entschied Kyla. Sie hatte keine Lust mehr! Zwei Wochen! Fast zwei Wochen versuchte sie immer und immer wieder den Korb zu treffen und jedes Mal wurde sie enttäuscht! Es reichte! Sie ließ die anderen Mädchen so viele Körbe treffen wie sie nur konnten. Sie **entschied** nach Hause zu gehen! Sie stand auf, klopfte den **Staub** von ihren Händen, hob den Ball auf und ging zur Tür. Nach ein paar Schritten änderte sie ihre **Meinung** und ließ den Ball in der Turnhalle. Jemand der wirklich treffen konnte, sollte den Ball haben, dachte sie sich. Sie drehte sich zum Korb und warf den Ball mit aller Kraft in Richtung Korb. Sie blieb nicht einmal, um zu sehen wie der Ball von dem Korb abprallte, sondern stürmte hinaus.

Wie auch immer, der Klang der Metallketten am Basketball Korb ließ sie erstarren, Sie drehte sich um und sah, was sie dem Klang nach erwartet hatte. Die Ketten schwangen, was hieß, dass der Ball sie tatsächlich berührt hatte.

Kyla runzelte die Stirn. Hatte sie getroffen? Aus dieser **Entfernung**? Ein Dreier?!!

Sie versuchte sich selbst zu beruhigen. Nicht unbedingt, der Ball hatte vielleicht einfach nur die Ketten getroffen. Trotzdem hatte sie das davor nicht einmal vom Näherem geschafft. War das überhaupt möglich? Aber wie? Sie hatte seit zwei Wochen versucht den Korb zu treffen!

Im Nachhinein dachte sie sich jedoch, dass sie noch nie wirklich mit so viel Kraft geworfen hatte. Sie ging und hob den Ball auf und versuchte tief in sich hinein zuhören um die Wut zu **spüren** und den Ball wieder so kraftvoll werfen zu können. Sie zielte und warf.

Kyla konnte es nicht glauben, als sie sah wie der Ball den Korb traf, ein paar Mal auf und ab sprang und dann vor ihre Füße rollte. Sie konnte sich nicht stoppen und freute sich so sehr, dass sie sogar einen kleinen Freudentanz hinlegte. Sie hat es geschafft! Kyla konnte es einfach nicht glauben! Sie hatte einen Dreier geworfen!

Sie hob den Ball auf und versuchte es immer und immer wieder. Sie traf nicht jeden **Wurf**, aber sie traf öfter als sie nicht traf. Sie war erleichtert, als sie auch aus näherer Entfernung traf.

Ein großes Grinsen machte sich auf ihrem Gesicht für die nächste Stunde breit und sie dribbelte und warf immer und immer wieder. Sie war nicht schlecht, sie hatte nur nicht genug Kraft in den Wurf gesteckt. Wie albern von ihr, dass sie das nicht vorher schon gemerkt hatte!

Ihr Training wurde von lautem **Applaus** unterbrochen, der aus der **Richtung** der Tribünen kam. Sie drehte sich um, um zu sehen wer ihr zusah. Es war ihr Bruder.

„Sehr gut gemacht, Schwester!" lobte er sie. „Siehst du, ich hab dir ja gesagt dass du es schaffen wirst. Ich bin so stolz auf dich dass du nicht aufgegeben hast", sagte er und gab ihr eine **Umarmung**.

Als Kyla ihre Arme um ihn legte, dachte sie sich, dass er nicht **wissen** musste, dass sie fast aufgegeben hatte.

„Komm jetzt, es ist fast Zeit für das Abendessen. Lass uns nach Hause gehen", sagte ihr Bruder und wuschelte ihr durch die **Haare**.

„Okay!"

VOKABELN

Schuhe – *shoes*

Orangen – *oranges*

Turnhalle – *gym*

verlieren – *to lose*

aufzuwärmen – *warm up*

warf – *throw*

Höhe – *height*

Gravitation – *gravity*

Stirn – *forehead*

versuchte – *to try*

Stunde – *hour*

Wasserflasche – *waterbottle*

Verschwitzt – *sweaty*

Sturheit – *stubbornness*

Erfolg – *success*

Geheimnis – *secret*

Spiel – *game*

Anleitung – *instructions*

rutschte sie aus – *she slipped*

entscheiden – *to decide*

Staub – *dust*

Meinung – *opinion*

Entfernung – *distance*

spüren – *to feel*

Wissen – *knowledge*

Applaus – *applause*

Richtung – *direction*

Umarmung – *hug*

Haare – *hair*

Zusammenfassung der Geschichte

Kyla war in der Turnhalle, ganz alleine, nur sie und ihr Basketball. Sie war nun seit fast 2 Wochen Mitglied im Basketball Team und musste wirklich üben um besser zu werden. Sie warf den Ball, doch traf nicht. Sie warf den Ball noch einmal doch traf wieder nicht. Sie versuchte es immer und immer wieder und hoffte, dass sie bald das Geheimnis um zu treffen erfahren würde. Sie suchte überall im Internet, sah sich Videos an, las Artikel und Bücher nur um herauszufinden, wie der perfekte Wurf gelingt. Als sie die Turnhalle verlassen wollte, warf sie den Ball mit aller Kraft ohne hinzusehen und hörte die Ketten am Korb aneinander schwingen. Sie hatte es geschafft! Sie konnte es nicht glauben! Sie wollte sichergehen, dass es nicht nur ein Glückstreffer war und versuchte es nochmal. Sie hatte gelernt, dass wenn man genug Ausdauer und Willenskraft hatte, dann konnte man alles schaffen.

Summary of the Story

There Kyla was in the gym, all by herself with the basketball. She had just joined the basketball team two weeks ago and really needed to practice. She threw the basketball... and missed the shot. She threw the basketball again... and missed the shot... She kept trying again and again, hoping she would finally discover the secret. She even searched all over the Internet, watching videos, reading articles and books on how to perfect her shot. When she left after admitting defeat, she threw the ball without looking and suddenly heard a "swoosh" sound as the ball went through the hoop. She really did it! She couldn't believe it! She wanted to make sure it wasn't just luck so she gave it a few more attempts. What she had discovered was that with a bit of persistence and tenacity, anything can be accomplished.

Questions About the Story

1) **Wie lange war Kyla im Basketball Team?**
   - **A.** 1 Jahr
   - **B.** 2 Wochen
   - **C.** 2 Monate
   - **D.** 1 Woche

2) **Wo suchte Kyla nach Rat?**
   - **A.** Artikel im Internet
   - **B.** Bücher
   - **C.** YouTube
   - **D.** Alle oben genannten

3) **Wie viele Punkte bekam sie, als sie den Ball das erste Mal getroffen hat?**
   - **A.** 2
   - **B.** 1
   - **C.** 3
   - **D.** 4

4) **Was wollte Kyla tun wenn sie nach Hause kam?**
   - **A.** Eis essen
   - **B.** Videospiele spielen
   - **C.** ein Bad nehmen
   - **D.** Antwort A und C

5) **Wer hat sie in der Turnhalle angefeuert?**
   - **A.** Ihr bester Freund
   - **B.** Ihre Schwester
   - **C.** Ihr Bruder
   - **D.** Der Schuldirektor

QUESTIONS ABOUT THE STORY

1) **How long was Kyla on the basketball team?**
   A. 1 year
   B. 2 weeks
   C. 2 months
   D. 1 week

2) **Where did Kyla try to find advice?**
   A. Articles online
   B. Books
   C. YouTube
   D. All of the above

3) **How many points did Kyla score when she made the ball the first time?**
   A. 2
   B. 1
   C. 3
   D. 4

4) **What did Kyla want to do when he got home?**
   A. Eat ice cream
   B. Play video games
   C. Take a bath
   D. Both A and C

5) **Who was cheering for her at the gym?**
   A. Her best friend
   B. Her sister
   C. Her brother
   D. The school principal

ANSWERS

1. B
2. D
3. C
4. D
5. C

Kapitel 9. Wie der Vater so der Sohn

Herr Richard Talbot massierte seine Stirn zwischen den Augen während sein Sohn einen Ausraster hatte. Er konnte die Kopfschmerzen kommen spüren. Devin wurde gesagt er könnte sein Fahrrad nicht mehr fahren, wenn es dunkel draußen war. Dies führte zu lautem Geschrei und er legte sich weinend auf den Boden. Frau Talbot war sehr beschäftigt und musste für ihr Studium arbeiten, das ließ also Richard mit dem Problem alleine.

„Devin, bitte! Du kannst Morgen wieder raus gehen. Wenn es hell draußen ist!", sagte er laut um das **Weinen** zu übertönen.

„Nein!", kreischte Devin. „Ich will jetzt!", fügte er hinzu und unterstrich jedes Wort mit einem Aufstampfen.

„Du kannst aber jetzt nicht raus. Du musst dich erst mal **beruhigen** junger Mann!", sagte Richard laut und bestimmt und erinnerte sich an die Zeit zurück in der er als Junge die exakt gleichen Worte von seinem **Vater** gehört hatte. Er seufzte bei dem **Gedanken** an das Deja vu.

Mit sieben, musste Richard zugeben, war er ein ziemlicher

Unruhestifter. Er erinnerte sich, dass er oft bestraft wurde oder Hausarrest bekam, wegen einer oder mehreren Unsinnigkeiten. Seine Mutter sagte immer wieder, dass er ein Bengel war und sein Vater stimmte immer zu. Im Nachhinein konnte Richard seine Eltern **wirklich** verstehen.

Obwohl seine Eltern ihn nicht verwöhnt hatten, musste er immer Recht haben. Es machte keinen **Unterschied**, dass er ein Kind war oder seine Eltern es einfach besser wussten. Wenn sie etwas verneinten, dann wurden sie für ihn sofort zum Feind und er schrie mit lauter **Stimme,** wie sehr er sie hasste und warf Dinge durch die Gegend.

Seine Eltern sahen das natürlich als respektlos und bestraften ihn nur noch mehr für das was er getan hat.

Eines Tages, entschied der kleine Richard Talbot, dass er genug von all dem hatte. Er griff nach seinem Rucksack, seinem Hut und seinen Schuhen, nachdem er sein **Sparschwein** geplündert hatte und rannte weg.

Keine Bestrafungen mehr. Kein „nein" zu den Dingen die er wollte. Kein „du verhältst dich unhöflich" mehr. Von nun an wollte er alleine leben.

Er stieg in den Bus um in die nächste Stadt zu fahren und grinste den **Busfahrer** an, der verwirrt zurück blickte. Ricky sah die Häuser aus seiner Nachbarschaft vorbei ziehen und war ein bisschen traurig, doch die **Aufregung** endlich seine Eltern los zu sein war größer.

Als er an seinem **Ziel** angekommen war, lief er in der unbekannten Stadt umher. Er fand es toll umher zu gehen und die neue **Stadt** zu entdecken, bis er Hunger bekam. Er griff in seine Hosentasche um zu sehen wie viel Geld er noch übrig hatte. Doch er merkte schnell, dass da nicht viel war, er hatte alles für die Fahrkarte ausgegeben. Ricky bekam Angst und erinnerte sich, was seine Mama immer erzählt hatte über Kinder die ihr Abendessen nicht essen. Er wollte nicht **verhungern**!

Er merkte dann, dass es dunkel wurde und er nirgends einen Platz zum schlafen hatte und er auch niemanden in dieser Stadt kannte. Seine Eltern hatten ihn oft gewarnt mit **Fremden** zu sprechen und er bekam wirklich Angst.

Er wusste nicht einmal wie er wieder nach Hause kam. Er konnte sich nicht erinnern, wo die Bushaltestelle war und er wusste auch nicht seine **Telefonnummer** von zu Hause. Er brach in Tränen aus und weinte auf dem Gehweg, bis jemand ihn bemerkte und ihn zur **Polizei** brachte. Dort erzählte er den Polizisten die Namen seiner Eltern und diese wurden kontaktiert. Ricky bekam etwas zu Essen während er auf seine Eltern wartete.

Als seine Eltern ankamen, umarmten sie ihn und

erzählten ihm, wie besorgt sie waren und dass sie den ganzen Nachmittag nach ihm gesucht hatten. Als sie zu Hause angekommen waren, bekam er eine Ohrfeige und **Hausarrest**, weil es sehr falsch war was er getan hatte.

Richard kam aus seiner Erinnerung zurück und sah seinen weinenden Sohn an. Er könnte ihm erzählen, dass er bestraft werden würde, wenn er nicht sofort aufhörte, doch seiner Erfahrung nach würde das Devin nur von ihm abgrenzen und das wollte er auf keinen Fall. Er wollte ein besserer Vater sein, als sein eigener. Obwohl sein Vater immer Recht hatte und er wusste, dass Bestrafungen jemandem beibringen sollten falsche Dinge nicht mehr zu wiederholen, erinnerte er sich, dass sein Vater ihm nie erklärt hatte was er eigentlich falsch gemacht hatte und warum er bestraft wurde.

Er kniete sich also hin, auf die Höhe von Devin und hielt ihn an den **Schultern**. Überraschenderweise hörte er für einen Moment auf zu weinen.

„In Ordnung, Devin. Soll ich dir erklären warum du nicht im dunkeln draußen spielen gehen darfst?", sagte Richard in einer ruhigen Stimme.

Devin nickte verwirrt und schniefte seine Nase.

„Zu dieser Zeit sind nicht viele Menschen draußen", fing er an zu erzählen. „Und manche können böse und gefährlich sein. Menschen die **Kindern** wehtun wollen, Kindern die sich nicht selber schützen können.“

Ein nachdenklicher Gesichtsausdruck machte sich auf Devins Gesicht breit, doch er sagte nichts.

„Wir erlauben dir nicht im Dunklen raus zu gehen, weil wir dich beschützen wollen, verstehst du das?“, sagte Richard mit sanfter Stimme.

„Ja, Papa“, murmelte Devin und blickte auf den Boden.

„Wir haben noch ein bisschen **Zeit** bis es Abendessen gibt. Was hältst du davon wenn wir bis dahin zusammen an der X-Box spielen?“

„Ja!“, antwortete Devin freudig.

Und mit einem zufriedenen Lächeln gingen beide, Vater und Sohn, in das **Wohnzimmer** um zusammen Xbox zu spielen.

VOKABELN

weinen – *to cry*

beruhigen – *to calm*

Gedanken – *thoughts*

wirklich – *really*

Unterschied – *difference*

Stimme – *voice*

Sparschwein – *piggybank*

Busfahrer – *bus driver*

Aufregung – *excitement*

Ziel – *destination*

Stadt – *city*

verhungern – *to starve*

Fremde – *strangers*

Telefonnummer – *phone number*

Polizei – *police*

Hausarrest – *grounded*

Schulter – *shoulder*

Kinder – *children*

Zeit – *time*

Wohnzimmer – *living room*

Zusammenfassung der Geschichte

Als Kinder verstehen wir oft nicht warum Eltern etwas tun. Vor allem nicht wenn wir bestraft werden oder uns verbieten etwas zu tun. Bei Devin und seinem Vater war es in der Geschichte genauso. Devin konnte nicht verstehen, warum er sein Fahrrad nicht im Dunklen fahren durfte. Herzzerbrechend saß er auf dem Boden und weinte. Als Richard an seine eigene Kindheit dachte, erinnerte er sich, dass er von zu Hause weggelaufen war, weil seine Eltern ihm auch Dinge nicht erlaubt haben. Als Richard wieder aus seinen Gedanken in die Realität zurück kam, machte er eine Entscheidung und wollte ein besserer Vater sein und seinem Sohn erklären, warum er ihm nicht erlaubt im Dunklen draußen zu spielen.

SUMMARY OF THE STORY

As children we don't always understand why our parents do the things they do. Especially when they are giving a punishment or placing restrictions on what we're allowed to do. This was just the case with Devin and his father Richard. Devin didn't understand why he wasn't allowed to ride his bike outside after dark. Heartbroken he sat crying on the floor. As Richard reflected upon his own childhood, he remembered how he once ran away from home because his parents were also strict and did not allow him to do certain things. When Richard snapped back into reality, he made a decision to be a better father to his son and explain *why* it is important that Devin is not permitted to go outside after dark.

QUESTIONS ABOUT THE STORY

1) Was wollte Devin im Dunklen machen?
- **A.** Verstecken spielen
- **B.** Fahrrad fahren
- **C.** Mit seinen Freunden spielen
- **D.** Ins Casino gehen und Blackjack spielen

2) Wie alt war Richard als er weglief?
- **A.** Fünf Jahre alt
- **B.** Zwölf Jahre alt
- **C.** Sieben Jahre alt
- **D.** Sechs Jahre alt

3) Wieso erlaubte Richard seinem Sohn Devin nicht im Dunklen nach draußen zu gehen?
- **A.** Er wollte Devin beschützen
- **B.** Es war fast Zeit fürs Abendessen
- **C.** Devin musste noch Hausaufgaben machen
- **D.** Er musste sein Zimmer aufräumen

4) Wo war Richard als seine Eltern ihn abholten?
- **A.** Bei der Polizei
- **B.** Im Supermarkt
- **C.** Im Kino
- **D.** Im Dachgeschoss versteckt

5) Was wollten Devin und sein Vater machen bevor es Essen gab?
- **A.** Karten spielen
- **B.** Sein Zimmer aufräumen
- **C.** Zusammen Fernseher schauen
- **D.** Xbox spielen

QUESTIONS ABOUT THE STORY

1) What did Devin want to do after dark?
   A. Play hide and seek
   B. Ride his bike
   C. Play with his friends
   D. Go to the casino and play blackjack

2) How old was Richard when he ran away?
   A. Five years old
   B. Twelve years old
   C. Seven years old
   D. Six years old

3) Why didn't Richard let his son Devin go outside after dark?
   A. He wanted to keep Devin safe
   B. It was almost dinner time
   C. Devin needed to do homework
   D. It was time to clean his room

4) Where was Richard when his parents came to pick him up?
   A. At the police station
   B. At the grocery store
   C. At the movies
   D. Hiding in the attic

5) What did Devin and his father decide to do before dinner?
   A. Play a card game
   B. Clean his room
   C. Watch TV together
   D. Play Xbox

Answers

1. B
2. C
3. A
4. A
5. D

KAPITEL 10. DAS BAUMHAUS

Ariel schnaufte, als sie die schweren **Holzbretter** auf den Boden fallen ließ, die sie aus der Garage zum Baum in den Garten getragen hatte. Sie sah den Baum an und **überlegte,** wie sie am besten an die Sache ran ging.

„Hey, Ariel! Was machst du da?", fragte ihr Freund Will. Sie drehte sich um und sah ihn und die anderen Kinder an, die zu ihr in den Garten gekommen waren, um mit ihr zu **spielen**.

Aber Ariel hatte keine Zeit zum Spielen, sie hatte eine wichtige **Aufgabe** die sie erledigen musste. Sie wollte ein Baumhaus bauen. Ihr eigenes Baumhaus! Sie erzählte es den anderen Kindern.

„Cool! Wir **helfen** dir!", sagte Cassidy mit einem aufregenden Lächeln.

Die zwei anderen hatten kaum Zeit zu**zustimmen** bevor Ariel das Angebot ablehnte.

„Nein! Das will ich ganz alleine machen. Ihr könnt kommen und spielen wenn es fertig ist", sagte sie bestimmt. „Wir haben bestimmt viel **Spaß** damit wenn es fertig ist", fügte sie mit einem Lächeln hinzu.

Cassidy und Will sahen sich an und waren überrascht, dass Ariel nicht wollte dass sie helfen.

„Bist du dir sicher Ariel? Ein Baumhaus bauen ist nicht so einfach. Du brauchst bestimmt Hilfe", sagte Jeremy, ein anderer **Freund** der mit Cassidy und Will kam, mit einem zweifelnden Blick.

„Mach dir keine Sorgen, ich krieg das schon hin. Ihr könnt mit Roxy spielen, während ich arbeite", sagte Ariel und zeigte auf ihren Hund der im **Schatten** schlief.

Sie hatten gemerkt, dass es nichts gab das sie sagen konnten um sie zu überzeugen ihre Hilfe anzunehmen. Sie gingen zum Trampolin, das in der Mitte des Gartens positioniert war und spielten damit, denn sie wollten Roxy nicht **aufwecken**.

Zufrieden, dass sie sich jetzt alleine ihrer **Arbeit** zu wenden konnte, klatschte Ariel in die Hände und hob **Werkzeug** und ein kurzes Brett vom Boden auf. Sie dachte, es sei das beste mit der **Leiter** zu beginnen.

Sie grinste stolz, nachdem sie das erste Brett erfolgreich an den Baum genagelt hatte. Das war einfach, dachte sie sich während sie nach einem zweiten Brett griff. Sie griff nach immer mehr Brettern und nagelte diese an den Baum, bis sie eine Leiter bildeten, die zu den starken **Ästen** des Baums reichten, wo später das Baumhaus positioniert sein sollte.

Sie kletterte wieder nach unten und hob zwei größere Bretter auf, die sie für den Boden des Baumhauses benutzen wollte. Sie merkte, dass jedes Brett sehr **schwer** war und dass sie die Bretter einzeln auf den Baum tragen musste.

Als sie die zwei Bretter da hatte wo sie sie wollte versuchte sie die zwei Bretter mit einem **Seil** zusammen zu binden doch sie konnte sie nicht in der richtigen Position halten. Sie schnaufte vor Anstrengung und entschied sich mit etwas anderem fort zu fahren.

Sie griff nach einem der Seile und versuchte es über die Äste zu werfen. Sie wollte eine **Schaukel** bauen, merkte aber schnell, dass sie zu klein war um das Seil dort hin zu werfen, wo sie es haben wollte. Sie sah zu ihren Freunden, die Spaß auf dem Trampolin hatten. Sie merkte, dass Jeremy sehr groß war und das Seil bestimmt hoch genug werfen könnte. Außerdem dachte sie, dass Cassidy und Will ihr hätten helfen können die Bretter in der richtigen Position zu halten und mehr Bretter auf den Baum zu tragen.

Sie seufzte. Das war nicht gut. Sie war sich so sicher, dass sie es alleine schaffen würde. Jetzt konnte sie nicht einmal nach Hilfe fragen ohne **verspottet** zu werden.

Sie setzte sich hin und zog ihre Knie ganz nah an ihren **Oberkörper** und hielt sie mit ihren Armen. Sie lehnte ihren Kopf an den Baum und schloss ihre Augen.

„Es ist in Ordnung nach Hilfe zu fragen, Ariel!", sagte Cassidy. Ariel war so erschrocken, dass sie aufsprang und ihre Balance verlor.

„Oh Vorsichtig!", sagte Jeremy und hielt sie am Arm damit sie nicht runter fiel.

Sie waren auf den Baum geklettert und saßen auf einem Ast neben Ariel.

„Ja, wir sind nicht umsonst deine Freunde!", rief Will von unten. Er war nicht auf den Baum geklettert.

„Soll ich dir eins hoch reichen?", fragte er und zeigte auf den Haufen von Brettern.

Ariel lächelte vorsichtig bevor sie Will ansah und nickte.

Alle Kinder arbeiteten zusammen und das Baumhaus nahm Gestalt an. Jeremy hob Cassidy hoch um die Enden des Seils an den Ästen zu befestigen. Ariel und Will arbeiteten zusammen am Boden des Baumhauses, einer hielt die Bretter und der andere nagelte sie fest. Jeremy hatte sogar die Idee, die Bretter mit Hilfe der Seile auf den Baum zu transportieren, anstatt alle einzeln hinauf zu tragen.

Sie haben es nicht geschafft, das Baumhaus fertig zu machen, aber es hatte nicht mehr viel gefehlt. Am **nächsten Tag** baten sie den Vater von Ariel um Hilfe und dieser sägte die Äste die im Weg waren ab und bohrte um das Baumhaus sicherer zu machen.

Als endlich alles fertig war, saßen die Kinder im Baumhaus und aßen **Kuchen** den Ariel´s Mama gebacken hatte. Sie tranken Limonade mit ihrem Kuchen und Ariel verstand, dass es nicht schlimm ist Leute um Hilfe zu fragen, vor allem nicht Leute die du liebst und denen du **vertraust**. Es gibt keine Regel die besagt, dass man alles alleine schaffen muss. Sie war sehr stolz auf das Baumhaus und war froh, dass sie diese Erfahrung mit anderen teilen konnte.

VOKABELN

Baumhaus – *treehouse*

Holzbretter – *wooden boards*

überlegen – *to think about*

spielen – *to play*

Aufgabe – *task*

helfen – *to help*

zustimmen – *to agree*

Spaß – *fun*

Freund – *friend*

Schatten – *shade*

aufwecken – *to wake up*

Arbeit – *work*

Werkzeug – *tools*

Leiter – *ladder*

Ast – *branch*

schwer – *heavy*

Seil – *rope*

Schaukel – *swing*

verspotten – *to tease*

Oberkörper – *upper body*

nächster Tag – *next day*

Kuchen – *cake*

vertrauen – *to trust*

ZUSAMMENFASSUNG DER GESCHICHTE

Ariel war fest dazu entschlossen ganz alleine ein Baumhaus zu bauen. Als ihre Freunde von der Idee hörten, boten sie alle ihre Hilfe an. Aber sie wollte es ganz alleine schaffen. Sie wollte keine Hilfe annehmen. Schon bald merkte sie jedoch, dass es schwerer war, als sie dachte ein Baumhaus zu bauen. Sie war zu klein um manche Äste zu erreichen und nicht stark genug um manche Bretter hoch zu heben. Aber mit der Hilfe ihrer Freunde hätte sie ihr Ziel erreichen können. Glücklicherweise kamen ihre Freunde noch einmal und baten ihre Hilfe an. An diesem Tag entdeckte Ariel wie wichtig es war, Freunde zu haben auf die man sich verlassen kann.

SUMMARY OF THE STORY

Ariel is determined to accomplish a single goal no matter what; She is going to build a tree house all by herself. When her friends figure out what she is up to, they gladly offer to help. However, she decides that this task needs to be done by her and her alone. She didn't want anyone's help. She soon realizes that this task of building a tree house proved to be a little more difficult than she anticipated. In fact, she was too short to reach some areas and not strong enough to lift a few of the wooden pieces. But with some help from her friends she could easily achieve her goal. Thankfully her friends come to her rescue and once again offer their help. That day Ariel discovered how valuable it is to have friends and people she cares about in her life.

Questions About the Story

1) Was für eine Aufgabe wollte Ariel ganz alleine lösen?
    A. Ein Spion werden
    B. Ihre Luft Unterwasser für 5 Minuten halten
    C. Ein Baumhaus bauen
    D. Einen Weltrekord setzen

2) Wer ist Roxy?
    A. Ariels Mama
    B. Ein Nachbar
    C. Ariels Stiefvater
    D. Ariels Hund

3) Was haben ihre Freunde gemacht während Ariel versuchte das Baumhaus zu bauen?
    A. Auf dem Trampolin gespielt
    B. Tic-Tac-Toe gespielt
    C. Im Haus Videospiele gespielt
    D. Zu Hause geschlafen

4) Wer war der Größte der Kinder?
    A. Ariel
    B. Roxy
    C. Jeremy
    D. Cassidy

5) Wie haben die Kinder den Bau des Baumhauses gefeiert?
    A. Sie gingen in eine Bar
    B. Sie aßen Kuchen und tranken Limonade
    C. Sie hatten eine Tanzparty
    D. Sie sangen Karaoke

QUESTIONS ABOUT THE STORY

1) What was Ariel's important mission to accomplish?
   A.   Learn how to become a spy
   B.   Hold her breath under water for 5 minutes
   C.   Build a tree house
   D.   Set a world record

2) Who is Roxy?
   A.   Ariel's mother
   B.   A neighbor
   C.   Ariel's step-father
   D.   Ariel's dog

3) While Ariel was building the tree house, what were her friends doing?
   A.   Jumping on the trampoline
   B.   Playing tic-tac-toe
   C.   Inside the house playing video games
   D.   At home sleeping

4) Who was the tallest of all the kids?
   A.   Ariel
   B.   Roxy
   C.   Jeremy
   D.   Cassidy

5) How did the children celebrate after building the tree house together?
   A.   They went to the bar
   B.   They ate cake and drank lemonade
   C.   They had a dance party
   D.   They sang karaoke

ANSWERS

1) C
2) D
3) A
4) C
5) B

Conclusion

Congratulations reader, you made it!

At this point we have shared some laughs, learned some German and more importantly had fun. From here we recommend that you go back through the stories and read them again as your comprehension has surely improved and you're bound to pick up something you may not have seen the first time. The best way to learn this material is through repetition and understanding the words in context. With your expanded vocabulary and improved German skills we also encourage you to even write your own stories! We want to thank you for reading our book and we truly hope you had a wonderful time and learned something new with our German Short Stories.

Keep an eye out for more books in the series as our mission is to serve you, the reader with engaging, fun language learning material.

About the Author

Touri is an innovative language education brand that is disrupting the way we learn languages. Touri has a mission to make sure language learning is not just easier but engaging and a ton of fun.

Besides the excellent books that they create, Touri also has an active website, which offers live fun and immersive 1-on-1 online language lessons with native instructors at nearly anytime of the day.

Additionally, Touri provides the best tips to improving your memory retention, confidence while speaking and fast track your progress on your journey to fluency.

Check out https://touri.co for more information.

OTHER BOOKS BY TOURI

ITALIAN

Conversational Italian Dialogues: 50 Italian Conversations and Short Stories

Italian Short Stories (Volume 1): 10 Exciting Short Stories to Easily Learn Italian & Improve Your Vocabulary

GERMAN

Conversational German Dialogues: 50 German Conversations and Short Stories

German Short Stories (Volume 1): 10 Exciting Short Stories to Easily Learn German & Improve Your Vocabulary

SPANISH

Conversational Spanish Dialogues: 50 Spanish Conversations and Short Stories

Spanish Short Stories (Volume 1): 10 Exciting Short Stories to Easily Learn Spanish & Improve Your Vocabulary

Spanish Short Stories (Volume 2): 10 Exciting Short Stories to Easily Learn Spanish & Improve Your Vocabulary

Intermediate Spanish Short Stories (Volume 1): 10 Amazing Short Tales to Learn Spanish & Quickly Grow Your Vocabulary the Fun Way!

Intermediate Spanish Short Stories (Volume 2): 10 Amazing Short Tales to Learn Spanish & Quickly Grow Your Vocabulary the Fun Way!

100 Days of Real World Spanish: Useful Words & Phrases for All Levels to Help You Become Fluent Faster

100 Day Medical Spanish Challenge: Daily List of Relevant Medical Spanish Words & Phrases to Help You Become Fluent

FRENCH

Conversational French Dialogues: 50 French Conversations and Short Stories

French Short Stories for Beginners (Volume 1): 10 Exciting Short Stories to Easily Learn French & Improve Your Vocabulary

French Short Stories for Beginners (Volume 2): 10 Exciting Short Stories to Easily Learn French & Improve Your Vocabulary

Intermediate French Short Stories (Volume 1): 10 Amazing Short Tales to Learn French & Quickly Grow Your Vocabulary the Fun Way!

ITALIAN

Conversational Italian Dialogues: 50 Italian Conversations and Short Stories

Italian Short Stories (Volume 1): 10 Exciting Short Stories to Easily Learn Italian & Improve Your Vocabulary

PORTUGUESE

Conversational Portuguese Dialogues: 50 Portuguese Conversations and Short Stories

ARABIC

Conversational Arabic Dialogues: 50 Arabic Conversations and Short Stories

RUSSIAN

Conversational Russian Dialogues: 50 Russian Conversations and Short Stories

CHINESE

Conversational Chinese Dialogues: 50 Chinese Conversations and Short Stories

ONE LAST THING...

If you enjoyed this book or found it, useful we would be very grateful if you posted a short review on Amazon.

Your support really does make a difference and we read all the reviews personally. Your feedback will make this book even better.

Thanks again for your support!

FREE AUDIOBOOKS

Touri has partnered with AudiobookRocket.com!

If you love audiobooks, here is your opportunity to get the NEWEST audiobooks completely FREE!

Thrillers, Fantasy, Young Adult, Kids, African-American Fiction, Women's Fiction, Sci-Fi, Comedy, Classics and many more genres!

Visit AudiobookRocket.com!

WANT THE NEXT GERMAN BOOK

FOR FREE?

http://bit.ly/2YxQDD3-german-ss-beg-vol1